KB059060

Presented by Kota Nozomi
Illustration = pyon-Kti

{둘이 함께 목욕}

"……아핫. 정말이네."

칼날 너머로 보이는 웃는 얼굴에는 예리한 송곳니가.
위쪽에서 강습해온 거대한 충격은,
흉악한 형상으로 변화한 손톱에 의한 일격이었다.

사라지기 직전에 보여준 수많은 페이크와
마력의 잔재, 체취의 잔향 등을 이용해서
상대를 현혹하는 이동술⋯⋯
그것들을 전부 순식간에 간파하고,
시온은 고개를 들고,
검을 상단에서 수평으로 들었다.
직후— 운석이 떨어진 것 같은 충격이 덮쳐왔다.

아르셰라

페이나

시온

이브리스

나기

CONTENT

Genius Hero and Maid Sister.

프롤로그 ————————————— P.

제1장
전직 용사는 혼자서 잘 수 없다 —— P.

제2장
전직 용사는 실력이 녹슬었다 —— P.

제3장
전직 용사는 외출을 좋아한다 —— P.

제4장
전직 용사는 옛 동료와 만난다 —— P.

에필로그 ————————————— P.2

Presented by Kota Nozomi / Illustration = pyon-Kti

Presented by Kota Nozomi / Illustration = pyon-Kti

Genius
Hero
and
Maid
Sister

본문, 컬러일러스트 풍키치

프롤로그 Genius Hero and Maid Sister.

영웅이 되려고 했던 게 아니다.

영웅이라고 불리고 싶었던 게 아니다.

부나 명성을 바란 게 아니다.

보답을 기대했던 것도 아니다.

그저, 사람들을 구해주고 싶었다.

나쁜 놈들을 전부 쓰러트리면 세상을 구할 수 있다고 생각했다.

마왕을 쓰러트리면 세상이 평화롭게 될 거라고 생각했다.

그저, 사람들을 지켜주고 싶었다.

자신에게는 그럴 수 있는 힘이 있다.

그러니까 세상을 구해야만 한다.

그런 순수한 소원을 품었던 소년이, 이 세상에 한 사람 있었다.

소년의 이름은—— 시온 터레스크.

그는 천재였다.

너무나 천재였다.

과도할 정도로, 선을 넘었다고 할 정도로, 천재였다.

마술이나 무술의 재능을 타고났고, 어린 시절부터 두각을 나타내고, 대륙 최대의 국가—— 로가나 왕국 왕도에서 신동이라 불렸다.

나이가 두 자릿수가 되기도 전에, 왕도의 모든 성인보다 강해졌다. 왕국 최강의 상징인 『용사』 칭호를, 겨우 열 살이라는 나이에 국왕으로부터 하사받았다.

어린 몸에는 과분한 힘을 지녔지만, 그에게는 올곧은 마음이 있었다. 재능에 취하지 않고 힘든 수행을 거듭하고, 사람들을 구하기 위해 싸움에 그 몸을 던졌다.

자신의 힘은 세상을 구하기 위한 것이라고, 시온은 진심으로 그렇게 믿었다.

실제로—— 그것은 잘못된 생각이 아니었을 것이다.

시온이 만악의 근원인 마왕을 쓰러트리면서, 오랫동안 이어져 온 인간과 마족의 대전은 인류 측의 승리로 막을 내렸다.

당시에 시온은—— 열 살.

너무 조숙한 한 천재 소년이, 이 세상을 구했다.

소년은 분명히 이 세상을 지켰다.

하지만.

세상은, 소년을 구해주지 않았다.

소년이 지킨 세상은 소년을 지켜주지 않았다.

빼앗았다.

소년은—— 모든 것을 빼앗겼다.

용사 칭호도, 약속했던 지위도, 세상을 구한 명예도, 전부 다른 이들이 가로챘다.

원래는 구세의 영웅이라 불리며 신과도 같은 존재로서 숭상받아야 했는데── 멸시받고, 미움받고, 박해당하고, 돌을 얻어맞는 존재로 전락해버렸다.

　모든 것을 잃고, 아무것도 아니게 된 소년은, 변경의 숲에서 고독한 삶을 강요받게 되었다.

　그저 넓기만 한 저택에서, 혼자서 잠에서 깨고, 혼자서 잠자리에 들 뿐.

　살아 있는지 죽었는지도 모를, 시체 같은 삶.

　누군가와 만나고 싶었지만, 사람들 사는 곳에 갈 수 없는 사정이 있었다.

　차라리 죽어버릴까도 싶었지만, 죽을 수 없는 사정이 있었다.

　죽는 것조차도 허락되지 않는, 저주 같은 영겁의 고독──

　그래서, 일까.

　"너희들."

　은거를 시작하고 일 년이 지났을 때──

　저택에 찾아온 네 여자에게, 시온은 이런 말을 하고 말았다.

　"여기서, 나랑 같이 살래?"

제1장 전직 용사는 혼자서 잘 수 없다 Genius Hero and Maid

로가나 왕국 서쪽, 엘트 지방——

사람들 사는 곳에서 멀리 떨어진 깊은 숲속의 오지에 덩그러 니, 커다란 저택이 있다.

마왕을 쓰러트린 소년—— 시온 터레스크가, 지금 사는 곳이 다.

스무 명은 족히 살 수 있는 넓은 저택이지만, 지금 이곳에 사는 사람은 시온과 메이드 네 명뿐이다.

"……음."

저택 제일 위층에 있는 침실.

호화로운 침대 위에서, 시온은 눈을 떴다.

체구가 작은 소년이다.

얼굴은 어려보이고, 몸도 날씬하다. 나이는 오해로 열두 살이 됐지만, 신장은 또래 아이들과 비교해도 작은 편일 것이다. 어딘 가 고지식해 보이는 인상을 주는 소년이지만, 어려 보이는 얼굴 은 소녀가 아닌가 싶을 정도로 귀엽게 보인다.

몸에 입은 것은 잠옷이고— 오른손에만 검은 장갑을 끼고 있 다.

'너무, 오래 잤나.'

창문에서 들어오는 눈 부신 햇살 때문에 눈을 살짝 감으며, 시 온은 점이 덜 깬 머리로 멍하니 생각했다.

'**이런 몸**이 됐는데도, 잠은 꼭 자야 한다니…… 내가 생각해도 정말 이상한 생물이 됐다니까── 응?'

살짝 자조하면서 몸을 일으키려고 한 순간, 시온은 그제야 알아차렸다.

뭔가 부드러운 것이, 자신의 몸을 감싸고 있다는 것을.

그것은 따뜻하고, 좋은 냄새가 나고, 이제 막 깨어난 의식을 다시 잠으로 이끌려고 한다.

너무나 편안하다.

자기도 모르게, 반사적으로 얼굴에 닿은 것 쪽으로 손을 뻗었더니.

물컹, 하고.

손바닥에 신기한 감촉이 느껴졌다. 묵직한 중량감이 있고, 손에 달라붙은 것 같으면서 말랑한. 한 손으로는 도저히 감당할 수 없을 만큼 거대하고, 그러면서 탄력도 풍부한, 뭐라 표현할 방법이 없는 감각──

"아앙."

신음 같은 소리는 얼굴 바로 가까이에서.

"아아, 시온 님…… 이건, 너무 대단해……!"

요염한 교성은 아는 여자의 목소리였다.

"아앙…… 시온 님의 작은 손이, 제 몸을……! 조, 좋아요, 시온 님. 제 몸이라도 좋으시다면, 얼마든지 즐기세요. 이 몸으로 주인 님을 기쁘게 해드릴 수 있다면, 메이드로서 더 이상 행복한 일은 없어요……!"

"아르셰라…… ――어라, 잠깐?!"

거기서 시온은 자기 몸을 덮친 이상 사태를 완전히 이해했다.

몸을 감싸고 있던 것은―― 여자의 몸이었다. 작은 몸을 두 팔로 끌어안고, 상대의 가슴에 얼굴을 완전히 묻고 있다.

즉, 아까부터 손으로 주무르고 있던 것은――

"으, 으아아아!"

펄쩍 뛰는 것처럼 도망치고, 침대에서 뛰어내렸다.

"앙…… 벌써, 끝나셨나요?"

완전히 동요한 시온과 달리, 침대에 누워 있던 미녀―― 아르셰라는 얼굴이 살짝 발그레해져서, 약간 아쉽다는 것처럼 속삭였다.

그녀는 시온을 섬기는 메이드 중의 한 명이고, 다른 세 명을 이끄는 메이드장이기도 했다.

약간 처진 부드러운 눈과 그 눈 밑에 있는 눈물점. 연분홍색의 매끄러운 머리카락이 얼굴과 어깨에 닿아 있었다.

정숙한 분위기가 감도는 미녀지만, 어쩔 수 없이 눈이 가는 것은 빵빵하게 부풀어 있는 풍만하고 아름다운 흉부. 잠옷으로 입고 있는 얇은 드레스가 터질 것처럼 자기 존재를 주장한다.

거기에 온화해 보이는 얼굴과 육감적인 몸이 언밸런스한 매력을 연출하면서, 보통 사람의 수준을 한참 뛰어넘은 색향을 자아내고 있었다.

'가, 가슴을 만지고 말았어…….'

한창 사춘기인 소년의 머릿속은, 얇은 천 너머로 접했던 흉부

의 감촉으로 가득 차버렸다. 자신의 작은 손으로는 도저히 움켜 쥘 수도 없었던, 너무나 거대한 가슴. 아직도 손바닥에 부드러운 살의 감촉이 남아 있는 것 같은데──

"무, 무슨 짓이야, 아르셰라?!"

감촉들 떨쳐내려는 것처럼 주먹을 꽉 쥐고, 시온은 필사적으로 의연한 태도를 보였다.

메이드에 대한, 주인으로서의 태도를.

"어째서 네가 내 침대에서 잔거야?!"

"어째서냐고 하시면, 그건 어젯밤엔 제가 같이 자는 당번이었 으니까요."

"어…… 아, 그, 그런가."

태연하게 대답하자 납득하는 시온.

같이 자는 당번── 이 저택에 사는 메이드 네 명은, 하루씩 돌 아가면서 시온과 같이 자게 되어 있다.

한마디로 밤 시중…… 은 아니고.

그냥 같이 자는 것뿐이다.

"매일 밤 같이 자달라고 하신 것은 시온 님이 아니셨던가요? 혼 자서는 무서워서 못 잔다고."

"아, 아니야! 무서운 게 아니라고! 그냥…… 그러니까, 누구랑 같이 자는 게, 수면의 질이 더 좋아서 그런 것뿐이야! 자, 자기 관 리를 위해서 어쩔 수 없는 일이라고!"

"우후후. 그렇군요."

발끈해서 변명하는 시온을, 아르셰라는 자애가 담긴 눈길로 바라봤다.

"하지만…… 아무리 명령이라고 해도, 굳이 안고 잘 필요는 없 잖아? 난…… 그냥, 옆에서 같이 자주기만 해도 되니까."

"죄송합니다. 시온 님의 귀여운 자는 얼굴을 바로 앞에서 봤더 니…… 저도 모르게 참지 못하고……. 하지만 시온 님도 싫지는 않으셨잖아요? 조금 전에는 꽤 정열적으로 제 가슴을 주무르셨 던 것 같은데?"

"그, 그건 잠이 덜 깨서, 그러니까, 그게…… 미, 미안해."

얌전히 고개를 숙인 시온에게, 아르셰라가 부드럽게 미소 지었 다.

"사죄 같은 건 하지 마세요. 저는 시온 님께 이 몸을 바친 천한 메이드…… 이 몸에 주인이신 시온 님이 만져서는 안 되는 곳은 없습니다."

"……싫은 게 아니야?"

고개를 숙인 채, 시온이 떨리는 목소리로 물었다.

"아르셰라는, 무섭지 않아? 내가 만져도── 우읍?!"

말하는 중에, 풍만한 가슴이 얼굴로 다가왔다.

부드럽고, 따뜻하고, 사랑스럽고 달콤한 포옹──

"저기…… 아, 아르셰라?!"

"싫을 리가 있나요. 시온 님이 상대라면, 저는 어떤 일을 하시 더라도 괜찮거든요?"

"아, 알았어, 알았으니까, 떨어져…… 수, 숨 막혀."

세게 끌어안은 탓에 얼굴 전체가 거대한 가슴으로 눌리는 모양이 됐다. 저항하면 할수록 깊이 파고들게 돼서, 시온은 얼굴이 새빨개져서 몸부림치는 수밖에 없었다.

"후후. 죄송합니다."

아쉬워하는 것처럼 천천히, 아르셰라가 팔을 벌렸고, 시온은 겨우 부드러운 살의 감옥에서 풀려났다. 흐아, 하고 깊은숨을 토해냈다.

'젠장…… 위엄이고 뭐고 하나도 없네.'

사실은 좀 더 늠름하게, 좀 더 남자다운 태도를 보이고 싶다.

하지만 아직 인생 경험이 한참 부족한 시온은 연상 여성을 어떻게 다뤄야 좋을지를 모른다. 위엄을 보이려고 해도 매번 소용이 없고, 항상 아르셰라한테 놀림만 당한다.

그리고 아르셰라뿐만이 아니라, 다른 세 명도 마찬가지.

자신보다 두 배 이상이나 오래 산 여성을 대체 어떻게 대해야 좋을까.

이제 겨우 열두 살이 된 소년은, 연상 메이드들한테 어떻게 대해야 좋을지 항상 전전긍긍하고 있었다.

"시온 님. 이제 아래로 내려가시죠. 아침 식사 준비가 다 됐을 테니까요."

"그, 그래. 그래야지."

"그럼, 옷을 갈아입혀드리겠습니다.

"……아르셰라. 내가 전부터 얘기하려고 했는데, 일일이 전부 도와주지 않아도 되거든? 옷 갈아입는 정도는 혼자서도 할 수 있으니까──."

"안 됩니다!"

갑자기, 아르셰라가 큰 소리를 냈다.

"무슨 말씀이신가요! 시온 테레스크 씩이나 되시는 분께서 굳이 자기 손으로 옷을 갈아입으시다니, 그런 아까운── 아니, 그런 품격이 떨어지는 일은 해서는 안 됩니다!"

"그, 그런가?"

"왕족이나 귀족 등의 고귀한 신분인 사람은, 자기 손으로 의복을 갈아입지 않습니다. 옷을 갈아입는 것은 전부 종자들이 하는 일이라고 들었습니다. 그렇다면 시온 님도 당연히 그렇게 해야 합니다. 품격이라는 것은 하루하루의 습관을 통해서 몸에 배는 것이니까요."

"……아, 알았어. 그럼, 평소대로 부탁할게."

귀기 서린 얼굴로 열변을 통하자, 그 기세에 밀리고 말았다. 아르셰라는 활짝 웃으면서 "알겠습니다"라며 고개를 끄덕이고는 시온을 향해 손을 내밀었다.

여인의 하얀 손이 잠옷을 하나씩 벗겨나갔다.

말도 안 되게 선정적인 손놀림으로.

'아으…… 차, 창피해.'

미녀가 옷을 벗겨준다. 여자에게 익숙한 남자에게는 너무나 행복한 일이겠지만, 사춘기 소년에게는 참기 힘든 치욕이었다.

시온은 눈을 꼭 감고 수치심을 견뎠다.

그 탓에 봉사하는 아르셰라의 눈동자에 불순한 욕구로 가득한 빛이 깃들어 있는 것이나, 그녀가 몰래 벗긴 잠옷의 냄새를 맡는다는 것을 전혀 알아차리지 못했다.

시온이 옷을 갈아입자, 아르셰라도 일단 자기 방으로 돌아가서는 잠옷으로 입었던 드레스에서 메이드복으로 갈아입었다.

모노톤의 시크한 드레스. 머리에는 하얀 메이드 카츄샤. 긴 머리카락은 옆쪽에서 하나로 묶었다. 허리를 곧게 세우고 선 자세에서는 마치 한 송이 백장미처럼 늠름한 아름다움이 느껴졌다.

"오래 기다리셨습니다. 그럼 가시지요."

"음."

털이 긴 융단이 깔린 복도를 둘이서 걸어갔다. 메이드들이 매일 청소를 해준 덕분에 복도에는 먼지 한 올 없고, 창문도 반짝반짝.

창밖을 보니 손질이 잘 된 정원이 보인다. 색색의 장미와 맑은 물이 뿜어져 나오는 분수. 여기서는 보이지 않지만 건물 뒤쪽에는 채소를 재배하는 텃밭도 있다.

시온은 눈을 살짝 가늘게 뜨고 살짝 미소 지었다.

'꽤 훌륭한 저택이 됐네.'

이 저택은 원래 백 년도 전에 지어진 것이다. 어떤 귀족이 별장으로 지었다고 하는데, 어느샌가 버려지고 방치됐다는 것 같다.

왕도에서 쫓겨나고, 사람들 눈을 피해서 유랑하던 시온이 도착했을 때는 단순히 낡은 폐허였다.

비바람만 피하면 된다고 폐허인 상태로 묵었지만── 아르셰라를 비롯한 네 명과 살기 시작한 뒤로는 메이드들이 저택을 구석구석 손질했다.

덕분에 지금에 와서는, 폐허가 훌륭한 호화저택으로 다시 태어났다.

"벌써 일 년이 다 됐네. 너희랑 같이 산 것도."

"그렇게 되네요."

일 년 전―― 폐허나 마찬가지인 저택에서 죽은 것처럼 살던 시온에게, 아르셰라를 비롯한 네 명이 나타났다.

하지만 그것이 첫 대면은 아니었다.

한참 전에, 몇 번인가 본 적이 있었다.

시온이 아직 용사라고 불리던 시절에.

왜냐하면 그녀들은――

"――누구~게?"

갑자기 눈앞이 캄캄해졌다.

뒤에서 몰래 다가온 누군가가 시온의 눈을 가렸기 때문이다.

"……페이나인가?"

"우와. 대단해, 정답!"

눈을 가린 손을 치워서 뒤를 돌아보니, 쾌활하게 웃고 있는 메이드 차림의 여자―― 페이나가 서 있었다.

밝은색 머리카락은 어깨까지 내려오는 정도의 길이고, 눈에는 장난기가 가득한 어린애 같은 순진한 빛이 깃들어 있다.

메이드복은 치마 길이가 상당히 짧아서, 건강해 보이고 아름다운 다리가 드러나 있다. 풍만한 흉부와 잘록한 허리. 멋진 몸매를 자랑하는 나긋나긋한 몸에는, 야생 육식동물을 연상케 하는 아름다움이 깃들어 있었다.

"시 님, 어떻게 알았어?"

"그런 어린애 같은 짓을 할 사람은 페이나밖에 없으니까."

"뭐~ 정말? 사실은…… 뒷머리에 닿은 가슴 감촉으로 안 것 아냐?"

"바, 바보 같은 소리 하지 말고!"

놀리는 것처럼 지적하자 시온은 얼굴이 새빨개졌다. 저절로 상대의 가슴팍으로 눈이 가고 말았다. 아르셰라한테는 조금 못 미치지만, 페이나도 충분하고 남을 정도로 큰 가슴의 소유자다.

"너무 천박하잖니, 페이나."

아르셰라가 나무라는 것처럼 말했다.

주인을 대할 때의 경의 넘치는 말투와 다른, 편한 말투로.

"시온 님의 고귀한 뒷머리에 네 천박한 가슴을 들이대다니, 무례한 것도 정도가 있지."

"천박하다니. 나보다 훨씬 천박한 가슴을 가진 아르셰라가 할 말은 아닌데. 그나저나 일부러 그런 거 아니거든~. 하다 보니 부딪친 거거든~."

삐친 것처럼 말하고, 페이나는 다시 시온 쪽을 봤다. 이히히, 하고 장난스레 웃나 싶더니 살짝, 머리 위에 손을 얹었다.

그래그래, 하면서 쓰다듬기 시작했다.

"뭐, 뭐 하는 거야?! 하지 마, 쓰다듬지 마!"

"정말이지, 시 님 머리는 딱 좋은 데 있다니까~. 딱 내 가슴이랑 같은 높이잖아."

"큭……."

별 생각 없이 던진 말에, 시온의 몸이 뜨끔, 하고 굳어졌다.

왜냐하면—— 지금 품고 있는 고민 중에 하나를 대놓고 건드렸기 때문이다.

시온은 키가 작다.

열두 살이라는 나이를 생각해도 약간 작은 편이다.

이 저택에 사는 메이드들은 하나같이 키가 시온보다 20cm이상 크다—— 필연적으로 자신의 얼굴 위치가 상대의 가슴 위치가 된다.

평범하게 마주 보고 이야기를 하면, 자꾸만 가슴이 눈에 들어온다.

여성에 대한 면역이 없는 시온이게는 일상적으로 시야에 들어오게 되는 가슴들을 어떻게 대해야 좋을지를 몰라서, 도망치는 것처럼 시선을 피하는 수밖에 없었다.

"시 님은 합법적으로 가슴을 실컷 볼 수 있네~. 그냥 고개만 들면 거기에 가슴이 있으니까."

"우, 웃기지 말라고! 난…… 가, 가슴 같은 건 관심 없어!"

거짓말이다.

사실은 조금…… 아니, 상당히 관심이 있다.

하지만 그런 말은 죽어도 못 한다.

왜냐하면 시온은—— 아직 열두 살이니까.

"아하하. 발끈하기는. 진짜 귀엽다. 정말이지~~. 쓰담쓰담,

쓰담쓰담."

"하, 하지 마. 간지럽잖아……."

"─이제 그만 하세요."

얼음으로 만든 칼날처럼 차갑고 날카로운 목소리에, 페이나는 갑자기 겁먹은 것처럼 손을 치웠다.

"시온 님이 싫어하시잖아요?"

아르셰라는 싱글싱글 미소 짓고 있었다. 하지만 눈은 전혀 웃지 않는다. 몸 안에서 질투와 분노의 아우라가 뿜어져 나오는 것만 같았다.

페이나는 불만이라는 것처럼 입을 삐죽 내밀었다.

"으~ 뭐 어때, 조금은 해도 되잖아."

"메이드로서 절도를 지키라는 얘기입니다. 주인님 머리를 쓰다듬는 부러운 행위── 아니, 무례한 행위는 언어도단이에요."

"치사해, 아르셰라. 자기는 어제 실컷 즐겼으면서, 나한테만 엄하게 말하고."

"무, 무슨 말을 하는 거죠? 저는 메이드로서의 책무를 잊고 욕망에 몸을 맡기는 짓 따위는 안 합니다. 그쵸, 시온 님?"

"으, 으음."

시온은 말을 맞춰줬다.

아무래도 아르셰라는 다른 사람들 앞에서 너무 가까이 지내는 걸 창피해하는 경향이 있다. 주위에 다른 사람이 있을 때는 예의 바르고 조신하며 기품 있는 정숙한 메이드 그 자체가 된다.

'하지만…… 단둘이 있게 되면 조금 이상해진다니까.'

마치 이성의 빗장이 풀어지기라도 한 것처럼, 눈빛이 달라져서 신체 접촉이 많아진다. 어째서 그렇게 되는지, 아직 어린 시온은 알 수가 없었다.

1층에 있는 식당 문을 열었더니 맛있는 냄새가 났다.

갓 구운 빵 냄새다.

넓은 방 중앙에는 열 명은 족히 앉을 수 있는 긴 테이블이 하나. 머리 위에는 호화로운 샹들리에가 있다.

주름 하나 없는 테이블보 위에 사람 숫자만큼 그릇이 놓인다. 날씬한 메이드가 아침 식사 준비를 하고 있었다.

그녀는 시온이 왔다는 걸 알아차리자 일하던 손을 멈추고 몸을 이쪽으로 돌리더니,

"안녕히 주무셨습니까, 나리마님."

그렇게 말하면서 과할 정도로 정중하게 고개를 깊이 숙였다.

"음. 안녕. 그렇구나, 오늘은 나기가 요리 당번이었나."

"곧 준비를 마치겠습니다. 잠시만 기다려 주십시오."

딱딱한 말투로 그렇게 말하고는 다시 작업을 계속했다.

먹물로 물들인 것 같은 새카만 머리카락과 눈꼬리가 긴 눈. 날씬하고 균형 잡힌 몸매. 마치 명검 같은 아름다움을 지닌 미녀인데── 그리고 비유가 아니라, 정말로 허리에 칼을 차고 있었다. 허리에 찬 가죽 벨트에는 장도 칼집이 매여 있다.

나기의 애도는 만듦새도 장식도 전부 대륙의 도검과 다르다.

그녀의 조국인 동방의 섬나라에서 만들었다는 것 같다.

『나리마님』이라는 독특한 호칭도 그녀의 조국에서 사용하는, 주군에 대한 존칭이라는 것 같다.

시온은 자기 자리에 앉았고, 아르셰라와 페이나도 이어서 자리에 앉았다.

주인과 종자가 같은 자리에서 식사를 하는 것은, 보통 귀족이나 왕족이라면 있을 수 없는 일일 것이다.

하지만 원래 귀족도 아닌 시온은, 메이드는 일하게 하고 자기 혼자 식사를 하는 것을 도저히 납득할 수가 없었다. 그래서 식사는 가능한 같이 앉아서 하자고 메이드들에게 명했다.

나기가 식탁 위에 아침 식사를 차려났다.

"오늘 아침에 갓 딴 토마토입니다. 그냥 드셔도 맛있으리라고 생각합니다만, 취향에 맞게 조미료를 쳐서 드셔 주세요."

저택 뒤쪽에는 텃밭이 있고, 나기는 거기서 채소를 기르고 있다. 토마토와 양상추 등의 낯익은 채소도 있고, 이쪽 대륙에서는 보기 힘든 동방에서 온 식물도 많다.

이어서 나기는 옅은 갈색 수프가 들어 있는 그릇과, 하얀색의 직사각형 물체가 들어 있는 작은 접시들을 내려났다.

"이건 아마, 된장국하고 두부였지."

"예. 전에 해드렸을 때 호평이셨기에."

"나기가 만드는 동방의 음식은 전부 맛있으니까. 간은 약하지만, 신기하게도 깊은 맛이 있어."

"황송할 따름입니다. 오늘 구운 빵에는 두유를 넣었으니, 된장

국과도 잘 맞으리라 생각합니다."

"그거 기대되네. 그나저나…… 동방 사람들은 정말 대단하네. 된장에 간장, 두유에 두부, 콩 하나를 가지고 다양한 요리로 승화시키고 말이야."

"그럼, 나리마님……."

그때, 계속 차분했던 나기의 눈빛이 달라졌다.

"오, 오늘이야말로, 낫토를 드셔보시는 것은 어떻겠습니까?"

기대와 흥분으로 가득 찬 태도 앞에서, 시온은 표정이 굳어졌다.

"아…… 으. 낫토, 말이지. 그건, 좀……."

"낫토도 된장이나 두부와 마찬가지로 대두를 가공한 식품이옵니다! 분명히 냄새가 특징적이기는 합니다만, 영양가가 상당히 높아서 저희 조국에서는 널리 사랑받는 식재료입니다!"

"아니, 그건, 전에도 들었지만…… 음. 뭐, 다음에, 생각이 나면."

"……그렇, 사옵니까."

나기는 한눈에 봐도 알 수 있을 정도로 풀이 죽었고, 왠지 미안한 기분이 들었다.

'하지만, 낫토는…… 무리거든.'

전에도 나기가 "이건 제가 아주 좋아하는 것입니다"라고 말하면서 낫토라는 것을 식탁에 올린 적이 있었는데…… 그냥, 전부 무리였다. 식욕이 사라지게 만드는 색. 끈적거리는 실. 그리고 무엇보다 강렬한 냄새. 도저히 인류가 먹는 물건이라고 생각할 수가 없었다.

"나기한테는 미안하지만…… 아무리 봐도 썩은 콩 같았거든."

"난 그걸 먹느니 그냥 땅에서 흙을 파먹을래."

아르셰라와 페이나도 일그러진 표정으로 웃고 있었다. 두 사람도 낫토에는 강한 거절 의사를 보였다. 특히 페이나는 그 냄새를 정말로 못 견디겠는지, 거부를 넘어 증오에 가까운 감정을 품고 있는 것처럼 보인다.

"큭, 네놈들……! 우리 조국의 식문화를…… 낫토를 우롱하겠다면 내가 상대해주마!"

"……나기. 다시 한번 확인하겠는데, 우리를 속이는 건 아니겠지? 너희 나라에서는 정말, 정말로 낫토를 먹는 게 맞지?"

"나, 나리마님까지……! 큭, 어째서! 어째서 이 나라에서는 낫토를 받아들이지 않는 거지?! 썩었다니…… 그건 치즈도 마찬가지가 아닌가!"

심한 낙담과 격렬한 분노를 보이는 나기.

'……어려운 일이구나. 이문화 교류는.'

그 뒤에, 나기는 간신히 마음을 다잡고서 식사 준비를 계속했고, 5인분 식사가 차려졌다.

"응? 그러고 보니 이브리스는 어디 갔지?"

시온이 자리에 없는 메이드가 생각나서 물었더니, 나기가 말하기 거북하다는 것처럼 입을 열었다.

"일단, 방 앞에 지나오면서 부르기는 했습니다만, 대답이 없어서……."

"또 늦잠인가요. 이브리스의 방종함은 정말 곤란할 지경이군요."

아르세라가 한숨을 쉬었다.

"안 일어났으면 그냥 놔두면 되잖아? 배고프니까, 먼저 먹―."

"―안 돼."

한심하다는 것 같은 페이나의 말을 자른 것은 시온의 강한 목소리다.

"식사는 가능한 다 같이 먹는다. 그게 이 집의 규칙이야."

강하게 딱 잘라 말한 주인의 목소리에 메이드들이 잠깐 놀란 표정을 지었지만, 바로 부드러운 미소를 지었다.

"……아하하. 그랬었지. 미안해, 시 님."

가볍게 사과하는 페이나.

"나기. 미안하지만 이브리스 좀 깨워줄래?"

"알겠사옵니다."

시온의 명에 따라, 나기가 식당에서 나갔다.

한참 동안, 금방 지은 아침 식사에 손도 안 대고 기다리는 괴로운 시간이 이어졌는데,

"아. 그렇지."

그렇게 말하고, 페이나가 자리에서 일어났다.

그리고는 식당 구석에 놓아뒀던 신문지 뭉치를 시온에게 가져다줬다.

"자요, 시 님. 일주일 치 신문, 조금 전에 왔어요."

"오. 고마워, 페이나."

이 저택에는 신문집에서 사역하는 매가 일주일에 한 번씩 신문을 가져다준다. 참고로 그 매는 마술로 지능과 운동능력을 강화한 일종의 사역마다. 그래서 보통 배달보다 비싸기는 하지만, 변경 오지에 있는 이 저택에서 배달을 받으려면 이런 서비스를 이용하는 수밖에 없었다.

시온은 신문을 받아들고는 먼저 일주일 전의 것부터 펼쳤다.

"어때? 무슨 재미있는 일 있어? 난 글자를 못 읽으니까, 혼자 보지 말고 좀 가르쳐줘."

"──왕도 궁전에, 도적 일당이 침입했다나 봐."

어깨너머로 들여다보는 페이나에게 그렇게 말해줬다.

"일주일 전, 심야에 몇 명의 도적이 궁정에 침입했고, 보물고에서 몇 가지 보물을 훔쳐서 도주. 도적 중에 한 명이 가렐 게어라는 사실은 파악했다나 본데."

"가렐 게어. 들어본 적이 있군요."

아르셰라가 입을 열었다.

"로가나 왕국 남쪽, 우르트령 쪽에서는 유명한 도적으로 알고 있습니다. 도적단 『붉은 거미』의 필두고, 귀족도 평민도 가리지 않고 내키는 대로 닥치는 대로 살육과 강탈을 거듭하는 악명 높은 사내라던가요."

"흐응, 한마디로 쓰레기네."

"나도 이름 정도는 알고 있어. 그나저나 깜짝 놀랐네. 왕도…… 특히 궁전이나 보물고는 경비가 엄중해. 도적 따위가 숨어들 곳이 아닌데…… 가렐이라는 남자는 그만한 힘이 있다는 건가?"

시온은 기사를 계속 읽었다.

"도둑맞은 물건은…… 보물고에 보관돼 있던 보석과 무구, 합계 열다섯 가지. 기사단 본부의 정예가 도착했을 때, 가렐 일당은 도망을 개시. 목격 정보에 의하면 왕도에서 서쪽, 엘트 지방으로 도망친 것으로 추정된다."

"엘트 지방? 이쪽으로 도망쳤다는 거야?"

"그렇다는데. 시내 쪽에 피해가 없으면 좋겠는데……."

신문을 더 읽으려고 한 그때.

식당 문이 열리고 두 여자가 들어왔다.

"자, 똑바로 걸어, 이브리스."

"피곤해, 졸려……. 나 같은 건 신경 끄고 먼저 먹으면 되잖아."

"식사는 다 같이. 그것이 나리마님의 뜻이다."

"아…… 있었지, 그런 규칙도."

나기의 손에 이끌려서, 나른한 표정의 여자──이브리스가 무거운 발걸음으로 걸어왔다.

회색 머리카락과 꿀색 피부. 얼굴은 단정해서 미녀라고 표현해도 문제는 없지만, 패기라고는 전혀 없어 보이는 표정과 태도가 그 미모를 조금 흐릿하게 만들고 있다. 복장은 일단은 메이드복이지만, 급하게 입어서 그런지 아니면 제대로 입을 생각이 없는지, 전체적으로 대충 입은 것 같은 차림새였다.

"늦었잖아, 이브리스."

"죄송합다, 도련님. 제가, 아무래도 아침엔 힘들어서."

머리를 긁으면서 사과하고, 그리고는 자기 자리에 가서 앉았다.

이브리스는 기본적으로 텐션이 낮은 편이다. 귀찮은 걸 싫어하고 게으르다. 메이드 일도 틈만 나면 농땡이를 피운다.

"뭐 됐고. 다음부턴 조심해줘."

변함없는 태도에 한숨을 쉬는 시온.

그리고 나서 시선을 식탁 쪽으로 돌렸다.

"좋아. 다 모였지."

정숙하게 미소 짓는 아르셰라.

쾌활하게 웃는 페이나.

늠름한 얼굴의 나기.

피곤하다는 듯이 턱을 괴고 있는 이브리스.

시온을 주인으로 인정하고 섬기는 메이드 네 명이 전부 식탁에 앉았다.

"그럼, 식사하자."

다섯 명이 같이 아침 식사를 하고, 오늘도 하루가 시작된다.

아침 식사가 끝나고, 메이드들은 각자 할 일을 시작했다.

아르셰라는 세탁, 페이나는 저택 청소, 나기는 텃밭 손질.

그리고 이브리스는── 시온의 보좌, 다.

"이브리스. 두 번째 책장에 있는 『마술의 섭리와 근원』 상하권, 12번째에 『범용 마술 입문』 개정판. 그리고 25번에 있는 에벨 로인의 저서를 전부 가져다줘."

"아~ 예~ 알겠습다, 도련님."

저택의 서고.

이브리스는 귀찮다는 것처럼 대답한 뒤에, 지시한 책을 책장에서 꺼내서 시온 옆에 가져다 놨다.

"음. 고마워."

가져다준 책 중에 한 권을 손에 들고 원하는 페이지를 펼쳤다.

책상 위에는 이미 마술서가 여러 권 펼쳐져 있었다. 시온은 여러 마술서를 대조하면서 책을 읽어나갔고, 가끔씩 펜을 들고 메모도 했다.

잠깐 묵묵히 작업하고 있었더니,

"흐아암. 정말이지, 잘도 이런 대낮부터 방에 틀어박혀서 깨작깨작 일을 하시네요."

하품을 하며, 이브리스가 빈정대는 것처럼 말했다.

"보기만 해도 등이 근질거림."

"어쩔 수 없잖아. 우리 저택의 수입원은 내가 쓰는 마술서 정도밖에 없으니까."

시온은 정기적으로 마술서를 출판해서 돈을 벌고 있다.

이름을 밝힐 수 없는 사정이 있기 때문에, 다른 이름으로 출판하고 있지만.

"무슨 말씀이신지. 도련님이 돈이 모자랄 리가 없잖아요? 왕도에서 쫓겨날 때, 국왕님이 돈을 산더미처럼 줬다면서요?"

"……그랬지. 산더미 같은—— 위자료를 받았지."

추방당하기는 했어도, 무일푼으로 쫓겨난 건 아니었다.

충분하고도 남을 정도의 돈은 받았다.

평민이라면 인생을 열 번쯤은 놀고먹으면서 살 수 있을 만큼의 큰 돈을.

아마도 연을 끊기 위한 위자료에, 입막음을 위한 돈이겠지.

『다시는 왕실에 관여하지 마라.』

『네가 마왕을 쓰러트렸다는 사실은 입 밖에 내지 마라.』

『어디 먼 곳에 가서 조용히 살아라.』

그런 이별과 혐오의 뜻이 담긴 돈이라고 생각한다.

아니면── 왕실은, 단순히 두려워했던 건지도 모른다.

시온 터레스크의 미움을 사는 것을.

마왕을 쓰러트린 소년이 언젠가 나라를 멸망시키러 올지도 모른다고.

두려워했기에, 전부 돈으로 해결하려고 했다──

"뭐, 꼭 돈 때문만은 아니야. 마술 연구는 내 취미 같은 거니까."

"영문을 모르겠슴다. 마왕을 해치울 정도로 강한 분이, 더 이상 강해져서 어쩌려는 겁니까?"

"강해지는 것만이 힘은 아니야."

그렇게 말하고, 시온은 고개를 들고 머리 위를 가리켰다.

서고 천장에 박혀 있는 마석등이 은은하게 빛나고 있었다.

"예를 들자면 저 마석등. 이건 위대한 발명품이야. 옛날에는 밤이 되면 촛불을 켜는 정도밖에 불을 밝힐 방법이 없었지만, 지금은 이렇게."

딱, 하고 손가락을 튕기자 마석등의 빛이 사라졌다.

다시 한번 튕겼더니 다시 빛이 난다.

"마음만 먹으면 자유자재로 불을 밝힐 수 있어."

"마석…… 마도구 문화라는 거죠."

마석이란 마물의 몸속이나 마소가 가득 찬 대지에서 발굴할 수 있는, 마력이 담긴 특수 광물을 일컫는 말이다. 거기에 마력을 담거나 술식을 새겨 넣어서 다양한 초상현상이 가능하게 만드는 편리한 마도구로 가공할 수 있다.

"최근 백 년 동안, 인간의 생활에 마술이 빠르게 보급됐죠."

"마석등의 대단한 점은 『누구나 간단히 쓸 수 있다』는 점이야. 마술을 이해하지 못한 보통 사람들도 간단하게 다루면서 마술의 은혜를 받을 수 있지. 사실 마석등은 아직 비싸서 귀족이나 부자들만 가지고 있지만…… 좀 더 값싸게 양산할 수 있게 되면, 언젠가는 평민들도 밤을 두려워하지 않게 되는 시대가 올지도 몰라."

"오려나요. 그런 시대가."

"올 거야. 난 그걸 돕고 싶어. 세상 사람들이 지금보다 조금이라도 더 풍요롭게 살 수 있도록 말이야."

솔직한 눈으로, 시온이 말했다.

"마술도 그런 시점에서 연구를 하다 보면 새로운 것을 발견하게 돼서 정말 재미있어. 난 지금까지 내 센스만 가지고 마술을 사용해 왔고, 새로운 술식을 만들어낼 때도 내가 쓰겠다는 생각으로만 만들었어. 하지만 그렇게 만든 마술은, 나 같은 천재만 다룰 수 있는 것들뿐이거든."

"자랑인가요?"

"사실이야. 자랑이라도 할 수도 없는 사실이야. 난 천재라는 거잖아. 객관적으로 그렇게 생각해. 하지만— 재능이 있는 사람만 다룰 수 있는 특별하고 강력한 마술을 하나 만들어내는 것보다, 누구나 간단히 쓸 수 있는 범용 마술을 하나 만들어내는 게 훨씬 어렵고, 그리고 위대한 일이라고 생각해."

"……."

"지금 내가 연구하는 건 통신 마술이야. 지금 세상에 마술사들끼리는 다양한 방법으로 멀리 떨어진 사람과 정보를 주고받을 수 있지만, 난 이걸 누구나 다룰 수 있는 것으로 만들고 싶어. 마술 같은 걸 배우지 않아도 노인부터 어린아이까지, 누구나 간단하게 멀리 떨어진 사람과 이야기를 나눌 수 있게 되면, 멀리 떨어진 친구나 가족과——."

"——역시, 전 이해를 못 하겠습니다."

뜨거워지기 시작한 시온의 말을 자른 것은, 차가운 목소리였다.

차갑고, 그러면서도 어딘가 짜증이 난 것 같은 눈으로, 이브리스가 시온을 바라봤다.

"왜 도련님은 그렇게…… 노예처럼 인류에게 공헌하려는 겁니까?"

"어……."

"생각해보면 도련님은—— 인류한테 성대하게 배신당한 게 아닌가요?"

이브리스가 말했다.

"죽을 고생을 해서 마왕을 쓰러트리고, 목숨을 걸고 인류를 구해줬는데, 대부분의 인류는 그 사실을 모릅니다. 공은 전부 다른 사람들이 차지했고, 지금 세상에서 용사네 영웅이네 추켜세우는 것들은 왕실이 만들어낸 가짜들. 진짜 용사가 됐어야 할 도련님은 사람들이 사는 곳에서 같이 사는 것도 허락받지 못하고, 이런 변경의 저택에서 은거나 하고 있잖습니까. 지금까지의 위업은 전부 없었던 일이 되고, 앞으로 어떤 위업을 이루더라도 인류 역사에 시온 터레스크의 이름은 남지 않습니다."

"……."

"제가 도련님이라면, 아마도 인류를 멸망시키려고 했을 겁니다. 못 해 먹겠다고 말임다. 인간의 추한 모습을 실컷 봤는데, 잘도 그렇게 인간을 위해서 일하려고 하시네요."

"……그러게 말이야."

냉소와 함께 날아온 지적에, 시온은 침통한 얼굴로 고개를 끄덕였다.

"왕도에서 쫓겨난 직후에는 그런 생각도 했어. 나를 포함한 모든 생명들의 씨를 말려버릴까 하고, 아주 진지하게 검토한 적도 있었어…… 하지만, 지금은 그냥 쓸데없는 생각은 안 하기로 했어. 바깥세상에 나갈 수 없는 몸이라면, 뒤쪽에서라도 세상을 위해 사람들을 위해서 살아가기로 결심했어."

시온은 말했다.

"나는 이제 용사가 아니지만, 마음만은 용사로 있고 싶으니까."

"……정말이지, 너무 멋있다니까요."

이브리스가 부드럽게 미소를 지으며, 작은 목소리로 중얼거렸다.

31

"응? 뭐라고? 목소리가 작아서 안 들렸는데……."

"너무 귀엽다고, 했습다."

"뭐…… 내, 내 어디가 귀엽다는 건데?"

"뭐랄까, 그냥 전체적으로?"

"……젠장. 두고 보라고. 당장이라도 엄청난 술식을 개발해서 한 방 먹여줄 테니까!"

"아하하. 기대하겠습다, 도련님."

크으윽, 하고 신음하는 시온과 그런 시온을 즐거운 표정으로 바라보는 이브리스.

그 때,

"실례하겠습니다."

아르셰라가 서고로 들어왔다.

"마실 것을 가져왔습니다."

그렇게 말하고는 잔 하나를 책상 위에 내려놨다.

안에 들어 있는 것은 밀크 코코아. 시온이 좋아하는 것이다.

"금방 만들어서 뜨거우니까, 조심해서 드세요."

"고마워 아르셰라. ……어이쿠, 정말 뜨겁네."

잔을 잡으려고 했더니 상당히 뜨거웠다. 식을 때까지 잠깐 놔 둘까 싶었지만,

"시온 님. 주제넘은 짓이지만 제가 코코아를 식혀드릴까요?"

아르셰라가 그렇게 말했다.

"식히다니, 어떻게?"

"이렇게 하면 됩니다."

말이 끝나기가 무섭게, 아르셰라가 잔을 손에 들었다.

그리고는── 후~ 후~ 하고 입으로 불기 시작했다.

"뭐…….."

갑작스런 행동에 시온은 깜짝 놀랐다.

"조금만 기다려 주세요. 금방 식혀드리겠습니다. 후~ 후~"

매끄러운 입술을 살짝 내밀고 숨을 불어댄다. 뭔가 이상한 짓을 하는 것도 아닌데 그 동작이 묘하게 요염하게 보이고, 가슴이 이상할 정도로 두근댄다.

도저히 거절할 수가 없어서, 그냥 가만히 후~ 후~ 하는 모습을 지켜보는데─

"후~."

귀에 숨을 불었다.

이브리스 짓이다.

"으, 으아아!"

"아하하. 너무 놀라시는 거 아닙까, 도련님."

귀를 붙잡고 얼굴이 새빨개진 시온과, 짓궂은 미소를 짓고 있는 이브리스.

"좋은 반응임다. 의외로 민감하시네요."

"무, 무슨 짓을──."

"뭐 하는 거야, 이브리스!"

시온이 큰 소리를 내기도 전에, 아르셰라가 물고 늘어졌다.

"아무리 그래도 너무 불경한 짓입니다. 부끄러운 줄 아세요."

"너무 그러지 말라고. 그냥 조~금 놀렸을 뿐인데."

"정말이지…… 제가 진지하게 코코아를 식히고 있는 앞에서 이무슨 부러운—— 아니, 창피한 줄도 모르는 짓을."

"그나저나 네가 할 소리냐고. 아르셰라도 야~한 얼굴로 후~ 후~ 하려고 일부러 뜨거운 코코아를 가지고 왔잖아?"

"무, 무슨 말인가요? 근거없는 새, 생트집은 자제해줬으면 좋겠군요……."

이브리스가 지적하자, 아르셰라는 시선을 피한 채로 거북하다는 드싱 대답했다.

"……너희들, 나 가지고 장난치지 말란 말이야."

분노와 수치가 뒤섞인 목소리로 으르렁거리듯이 말하는 시온. 오늘만은 엄하게 한 마디 해서 주인으로서의 위엄을 보여주겠다—— 그렇게 결의한, 그 순간이었다.

"——!"

시온이 고개를 번쩍 들었다.

굳은 표정으로 서고 벽을—— 저택 정면 입구 쪽을 노려봤다.

"무슨 일이라도 있으신가요, 시온 님."

"……내 결계가 깨졌어."

시온이 씁쓸한 표정으로 말하자, 아르셰라와 이브리스의 표정이 굳어졌다.

이 저택 주위에는 간단한 결계를 쳐놨다. 일정 이상의 실력을 지닌 자가 아니라면 저택까지 도착하지도 못하고 숲속을 헤매게 되고, 그러다가 어느새 숲 밖으로 나가게 되는 구조다. 보통 사람이 저택까지 오게 되는 일을 막기 위한 것이라서 그렇게 강력한 것은 아니다.

반대로 생각하자면—— 일정 이상의 실력을 지닌 자에게는 통하지 않는다는, 그런 뜻이다.

'그래서 신경이 쓰인단 말이야. 굳이 『깼다』는 게.'

단순하게 인식과 지각에 간섭해서 사람을 헤매게 만들 뿐인 결계다. 보통 사람이라면 존재를 알아차리지도 못한다. 전투능력이 있는 자라면 무시하면 된다.

그런데 굳이 깨고 들어왔다는 것은, 명확한 적개심을 담은 시위라는 뜻이 된다.

즉—— 선전포고.

시온이 거기까지 생각했을 때.

엄청난 굉음이, 저택을 울렸다.

저택에서 뛰쳐나온 시온의 눈에 들어온 것은—— 파괴된 정원이었다.

색색의 장미로 꾸며져 있던 꽃 벽은 갈라지고, 돌 판을 깔아놓은 바닥은 크게 함몰되고, 건물 외벽 일부에도 금이 가 있었다.

마치, 거대한 칼로 몇 번이나 내리친 것처럼——

"뭐야, 이거……?"

참담한 광경에, 시온은 멍하니 중얼거렸다.

"괜찮아, 시 님?!"

"무사하십니까, 나리마님?!"

페이나와 나기가 달려왔다. 아르셰라와 이브리스도 시온을 따라 밖으로 나와서는 망가진 정원을 보고 깜짝 놀랐다.

"——뭐야?! 여긴 예쁜 언니들이랑 꼬맹이밖에 없나?"

조롱하는 것 같은 목소리.

정원 저쪽에, 거친 풍모의 사내가 서 있었다.

버석버석한 머리카락과 다듬지 않은 수염. 나이는 서른이 조금 넘은 정도로 보인다. 몸에 걸친 것은 피와 흙 얼룩이 눈에 띄는 옷. 등에 짊어진 검에는 칼집 대신 천을 감아 놨다.

지저분한 차림새의 사내지만— 그의 팔과 목에는 금색으로 빛나는 장식품들이 보였다. 쩔렁쩔렁 소리를 내는 목걸이와 팔찌는 한눈에 봐도 비싼 물건이라는 걸 알 수 있었다.

아니—— 한눈에 봐도 훔친 물건이라는 걸 알 수 있다고 하는 쪽이 정확하겠지.

"내 이름은 가렐 게어. 조금 유명한 도적이지."

이쪽이 묻기도 전에, 사내가 의기양양하게 이름을 말했다.

'역시, 였나.'

시온은 거의 놀라지도 않았다.

차림새를 보고 예상은 했었다.

가렐 게어.

오늘 아침 읽은 신문의 기사에 이름이 나와 있던 사내다.

거친 차림새에 전혀 어울리지 않는 금은 장식품들은, 일주일 전에 궁전 보물고에서 훔친 물건들이겠지.

"도적 나부랭이가, 이 저택에 무슨 볼일이지?"

"흥. 꼬맹이하고는 할 얘기 없다. 가서 아빠 좀 불러올래, 도련님?"

콧방귀를 뀌는 가렐을 보고, 시온은 발끈해서 얼굴을 찌푸렸다.

"아쉽게도…… 아빠 같은 건 없어서 말이야. 내가 이 저택의 주인이다."

"뭐라고? 야, 농담은 작작 해라, 이 망할 꼬맹아."

어깨를 으쓱거리는 가렐.

하지만 시온과 메이드들의 분위기를 보고 눈치챘는지,

"……정말이냐. 대체 어느 부잣집 도련님이야? 예쁜 언니들까지 거느리고, 정말 부럽네."

그렇게, 천박하게 웃으며 말했다.

시온은 상대를 노려봤다.

"가렐 게어. 너는 궁전에 침입해서 도둑질을 했다는 것 같던데."

"호오. 이런 촌구석까지 그 소식이 알려졌나."

"『붉은 거미』라는 도적단의 필두라고 들었는데, 다른 동료들은 어쨌지?"

"아─ 죽여 버렸지."

태연하게, 가렐이 말했다. 시온이 눈살을 찌푸렸다.

"죽였다고……? 네가, 말인가?"

"그래. 전부 죽였지."

"어째서지? 도적이라고는 해도 동료가 아니었나?"

"동료였어. 아주 좋은 놈들이었지. 하지만 보수 배분 문제를 놓고 좀 싸워서 말이야. 귀찮아서 다 죽여 버렸지."

거리낌 없이, 부끄러워하지도 않고, 오히려 자랑스럽게 떠들어 대는 가렐을 보고, 시온은 분노에 가까운 불쾌한 기분을 느꼈다.

"어이쿠, 내 얘기 같은 건 됐고. 야, 망할 꼬맹아. 목숨이 아까우면 가진 돈이랑 보물 다 내놔라."

"미안하지만 이 저택에는 별로 대단한 물건은 없다."

"웃기지 말라고. 나도 다 알고 왔어. 이 저택에 보물이 잔뜩 있다고 말이야."

그것은 유난히 확신하는 말투였다.

'……궁정에서 누군가가 말했나? 아니면 극비 기록이라도 훔쳐 봤을까……?'

이 나라에서 시온의 존재는 아주 중대한 기밀 사항이다.

하지만 기밀이라는 것은── 알고 있는 사람은 알고 있다는, 그런 것이다.

입막음을 위해서 얼마나 많은 돈을 지불했는지에 관한 기록은 남아 있을 테고, 지금 사는 곳도 파악하고 있겠지. 시온을 쫓아낸 왕족들은 아마 그 누구보다 용사였던 자를 두려워하고 있을 테니까.

'나한테 말하던 걸 보면, 내 정체까지는 모르는 것 같은데. 단지 내가 왕실에서 받은 재산에 대해서만 알고 있고…… 그렇다면, 생각할 수 있는 건──.'

"야, 뭐 하냐 꼬맹아. 뭐라고 말 좀 해보라고."

"……흥. 어쨌거나 네놈 같은 도적에게 줄 돈은 없다."

"헛. 아주 잘나신 꼬맹이구만. 언니들도 큰일이야. 이런 되바라진 꼬맹이를 돌봐야 하니까."

조소하며, 가렐은 메이드들 쪽으로 시선을 옮겼다. 한 사람 한 사람, 품평하는 것처럼 보면서 혀를 날름거렸다.

"헤헤. 아주 좋은데. 어때, 언니들. 이런 꼬맹이 말고 내 메이드가 되지 그래. 이런 꼬맹이 가지고는 댁들도 만족하지 못하지 않겠어? 나 같으면 밤에도 만족시켜줄 수 있는데? 아주 뿅가게 해줄게."

"사양하겠습니다."

제일 먼저 대답한 것은 아르세라였다. 싱글싱글 미소 짓고 있지만, 그 눈은 길가의 쓰레기라도 보는 것처럼 무표정했다.

"제가 이 몸을 바치는 주인은 시온 님 한 분뿐. 당신 같이 천박한 것을 섬기는 일은 천지가 뒤집히는 한이 있어도 절대로 없을 것입니다."

"맞아맞아~ 나도 그래."

"뭐, 말도 안 되는 일이지."

"맞습니다."

페이나, 이브리스, 나기도 마찬가지로 강한 거절의 뜻을 밝혔다.

"크하하하. 아, 그러셔. 그 꼬맹이가 아주 마음에 드시나 보네."

딱 잘라서 거절했는데, 가렐은 화를 내기도 않고 그저 여유 있는 표정을 지을 뿐이었다. 시온과 메이드들을 단순한 꼬마와 메이드라고 얕보고 있기에 보일 수 있는 여유일까.

아니면 뭔가 비장의 수단이라도 있는 걸까.

"그렇다면 말이야——."

입가에 미소를 남긴 채, 등에 멘 검을 잡았다.

손잡이를 꽉 쥐고, 지저분한 천을 감아놓은 검을 겨눈다.

"——그 꼬맹이가 죽으면 날 모실 건가?"

천천히 검을 치켜들었다. 그러자 천이 약간 풀어지면서, 칼날받이의 장식과 칼날의 문양이 드러났다.

순간—— 시온은 눈이 휘둥그레졌다.

'마, 말도 안 돼!'

심당이 덜컥 뛰었다.

동요가 얼굴에 드러난다.

'저 검을…… 어째서 이 남자가 가지고 있지?'

방심, 이라면 방심이었겠지.

겨우 도적이라고 얕봤다.

마왕을 쓰러트린 자신이 도적 따위한테 질 리가 없다고, 그렇게 생각했다.

그래서—— 생각도 못 했다.

로가나 왕국 보물고에 무엇이 보관되어 있는지.

하지만, 믿을 수가 없다.

여러 겹의 결계가 쳐 있는 보물고 안쪽에, 가장 엄중하게 보관돼 있어야 할 저것이 설마 도적 따위의 손에 넘어가다니.

"『성검 멜토르』……!"

시온이 중얼거린 순간에—— 이미 검을 휘두르고 있었다.

즉, 그것은 끝을 의미한다.

가렐은 단순히 성검을 옆으로 휘둘렀을 뿐. 시온과의 거리는 민가 두 채 정도 떨어져 있는데도 아랑곳 않고, 그냥 그 자리에서 검을 휘둘렀다.

하늘을 가르고, 공간을 갈랐다.

"아차──."

회피도 방어도 할 틈이 없었다.

다음 순간에는.

번쩍.

그리고 선이 하나.

시온의 목이── 날아갔다.

가느다란 목에 선이 하나 그어지면서, 머리와 몸통이 깔끔하게 나뉘었다.

절단면에서는 피가 잔뜩 뿜어져 나왔고, 작은 머리가 땅바닥에 떨어졌다.

『성검 멜토르』.

먼 옛날, 신들이 아직 지상에 있던 시절, 신들이 인간에게 내려 줬다는 무구── 고대 신들의 은혜에 의해 규격을 벗어난 위력을 발휘하는 그 비보는, 소위 성검이라 불린다.

로가나 왕국에는 대대로 전해져 내려오는 성검이 세 자루 있다. 질량을 잡아먹는 『성검 자그람』, 흐름을 관장하는 『성검 리터』.

그리고── 거리를 장악하는 『성검 멜토르』.

소위 『간격 킬러』라고도 불리는 검으로, 이 검의 소유자에게는 거리라는 개념이 의미가 없어진다.

한마디로── 눈에 보이는 모든 것이 공격 범위가 된다.

소유자가 베고 싶다고 생각하며 검을 휘두르면, 그 참격은 공간을 도약해서 상대를 덮친다.

예를 들자면 한 장의 풍경화에 붓으로 선을 하나 긋는 것처럼.

삼차원적인 공간을── 이차원적으로 갈라버리는 검.

이 세상에서 깊이라는 개념을 송두리째 빼앗아버리는 그 검은, 눈에 보이는 모든 것을 단순한 평면처럼 갈라버릴 수 있다.

"크하하하! 어떠냐 이 망할 꼬맹아! 성검의 위력이 어떠냐고?! 아, 이젠 들리지도 않으려나. 크하하하!"

『멜토르』를 한 손에 든 채, 가렐이 큰 소리로 울었다. 검에 감겨 있던 천이 완전히 풀리자 정밀한 문양이 새겨진 칼날과 화려한 장식이 들어간 칼날 받이가 드러났다.

아름답고 신성한.

'성(聖)'이라는 표현이 정말로 잘 어울리는, 성검의 본래 모습이다.

"이거 진짜 죽이는데. 이 칼만 있으면 난 무적이다!"

아름다운 칼날을, 뭔가에 홀린 것처럼 위험한 눈으로 바라보는 가렐.

그의 동료였던 『붉은 거미』 일당을 죽인 것도 이 성검이었다.

이젠 필요 없다고 생각했기 때문에.

이 검만 있으면 동료 따위는 필요 없다.

모든 공을, 모든 전과를 독점할 수 있다.

더 이상 두려워할 것은, 없다』

"어때, 언니들! 댁네 꼬마 주인은 무참하게 죽었거든? 똑같은 꼴을 당하고 싶지 않으면 얌전히 내 메이드가 되라고!"

공포를 잊은 눈동자로, 이 세상을 전부 장악한 것 같은 거만한 태도로, 가렐이 메이드들에게 말했지만——

"——히익?!"

어느새, 가렐은 땅바닥에 엉덩방아를 찧은 상태가 되어 있었다. 전율이 온 몸을 덮치고, 심장을 움켜쥔 것 같은 착각까지 들었다.

공포가.

지금껏 맛본 적 없는 압도적인 공포가 그의 몸을 땅바닥에 못 박았다. 다시는 손에서 떼어놓지 않겠다고 결심한 성검도 어느새 땅바닥에 떨어져 있다.

"아, 으아…….."

뻐끔뻐끔, 물고기처럼 입만 뻐끔거리면서 이형(異形)으로 변해 버린 네 여성을 멍하니 바라봤다. 그녀들에게서 뿜어져 나오는 마력은 너무나 거대했고, 너무나 흉악해서, 그저 거기에 가만히 있기만 해도 세상을 오염시켜버릴 것처럼 사악했다.

"네 이놈…… 감히, 감히, 시온 님을……!"

정숙한 미소를 머금고 있던 메이드는—— 악신(惡神)의 형상이 됐다. 머리에는 산양처럼 배배 꼬인 뿔이 자라났고, 허리에서는

까마귀 같은 칠흑의 날개가 펼쳐졌다. 공간을 일그러트릴 정도로 방대한 마력을 살기와 함께 뿌려댔다.

"훗, 훗……!"

밝게 웃고 있던 메이드는—— 굶주린 늑대처럼 사나운 눈빛을 내뿜었다. 머리에서는 개나 늑대를 연상케 하는 귀가, 엉덩이에서는 커다란 꼬리가 자라났다. 거기에 손에 끼고 있던 장갑이 찢어지더니 날카로운 발톱도 나타났다.

벌어진 입 사이로 보이는 커다란 이빨 틈새에서는 거친 숨결까지 흘러나오고 있었다.

"……죽여 버리겠다."

나른해보이던 메이드는—— 영구동토처럼 차가운 살기를 흘렸다. 회색 머리카락은 뿜어져 나오는 마력을 타고 부풀어 올랐고, 지금까지 머리카락에 가려져 있던 귀는 끝부분이 길고 뾰족했다.

"천박한 것이……! 지옥에서 네 죄를 후회하도록 하여라……!"

조용히 서 있던 메이드는—— 흉악하고 사나운 귀기가 감돌았다. 머리에는 두 개의 뿔이 자라났는데, 앞머리를 가르고 튀어나온 그 뿔은, 뿌리 부분은 까맣고 끝으로 갈수록 피처럼 선명한 붉은색으로 물들어갔다. 몸을 앞으로 숙이고, 허리에 찬 칼을 손에 쥐고서 뽑을 준비를 하고 있다.

네 명—— 아니, 네 악귀라고 표현해야 할까.

제각기 전혀 다른 형상으로 변명한 네 명의 메이드——

'뭐, 뭐야, 이 놈들은……?! 마, 마족인가……?!'

미지의 공포에 두려워하는 가렐.

그녀들의 흉악하면서도 장엄한 모습을 보고, 예전에 들었던 정보가 생각났다.

'그래…… 소문으로 들은 적이 있어. 2년 전에 죽은 마왕에겐──『사천여왕(레이디스토피아)』이라고 불리는 최강 최악의, 네 측근이 있었다고.'

음마를 총괄하기 위해 태어난 음마의 여왕──『바빌론』.

태양을 잡아먹은 것처럼 눈부신 털을 지닌 전설의 늑대인간──『마나가름』.

신을 저주하고 암흑 속으로 타락해버린 숲의 정령──『다크 엘프』.

동방의 모든 나라를 지배하고 온갖 요괴들의 정점에 자리 잡은 일족──『오니』.

제각기 전설급의 최고위 마족.

악명 높은 네 여마족은『사천여왕』이라 불렸고, 인간들은 마왕과 함께 그들 또한 두려워했다.

"히, 히이익…… 어, 어째서…… 마왕의 측근이, 이런 곳에…….."

네 명의 무시무시한 마력을 접한 가렐에게서는, 더 이상 전의라고는 찾아볼 수도 없었다. 공포에 지배당한 얼굴은 단숨에 열 살 정도 늙은 것처럼 보이기도 했다.

하지만 그런 모습을 보고도, 네 메이드들의 분노는 가라앉지 않았다.

다리가 풀려서 주저앉은 적을 앞에 두고, 미쳐 날뛰는 살기를 그대로 실어서 공격을── 하기 직전에.

"너희들, 진정해."

목소리가.

어린 소년의 목소리가 들려오자 네 메이드들의 움직임이 멈췄다.

"부산 떨 일도 아니라고. 그냥── 목이 날아갔을 뿐이야."

그 목소리를 듣고, 가렐은 당황해서 주위를 둘러봤다.

"말도 안 돼…… 어째서, 그 꼬맹이 목소리가── 힉. 으아아아악!"

이미 공포의 밑바닥까지 떨어져 있던 가렐에게, 새로운 공포가 덮쳐왔다.

있었다.

자신이 조금 전에 죽인 소년── 시온이라고 불리던 소년이 있었다. 그 목소리는 틀림없이 그 소년의 입에서 나오고 있었다.

하지만.

땅바닥에 굴러다니는, 소년의 머리에 달린 입에서──

"이런…… 방심했네."

머리만 남은 소년이, 태연하게 말했다.

"아무리 『성검 멜토르』의 공격이라고 해도, 그 정도도 피하지 못하다니. 최근 2년 동안 싸움을 멀리한 탓에 감각이 완전히 둔해진 것 같아. 그리고."

이런 몸이 된 탓일까.

아무래도 위기감이나 방어의식이 희박해졌다.

그렇게.

혼잣말처럼 말하는 시온의 머리. 그 옆에는 어느새 소년의 몸이 와서 서 있었다. 머리가 없는 몸이 번쩍, 가볍게 머리를 들어올렸다.

벽돌이라도 올려놓는 것처럼 간단하게, 목의 절단면에 머리를 올려놓자── 순식간에 머리와 몸통이 붙어버렸다. 가느다란 목에는 상처 자국 하나 남지 않았다.

목을 만지면서, 시온은 메이드들 쪽으로 고개를 돌렸다.

"보다시피 난 괜찮아. 그러니까 너희도 그만 화를 거둬. 이 정도 쯤, 나한테는 긁힌 상처 정도도 아니니까."

"저따위 작자가 시온 님을 다치게 하리라고는 생각하지 않습니다. 하지만, 저자는 시온님을 향해 공격을 했고, 게다가…… 그 희고 아름다운 지고의 살갗에 칼을 댔습니다……! 이는 백번 죽어 마땅한 중죄입니다!"

"우리가 말이야, 주인을 물어도 가만히 있을 만큼 어른은 아니거든~."

"흥. 나는 도련님이랑 상관없이, 저 인간이 건방지게 구는 게 마음에 안 들었을 뿐이야."

"주인께 칼을 겨눈다면, 충신으로서 가만히 있을 수 없사옵니다."

"시온 님. 저희는 주인님을 다치게 한 자를 용서할 수 없습니다. 그러니, 부디…… 이렇게 추한 모습을 보이는 것을 용서해 주십시오."

"……착각하지 마, 아르셰라. 그리고 나머지 셋도."

시온이 말했다.

"난 너희 원래 모습이 추하다고 생각한 적이 단 한 번도 없어. 오히려 아름답다고 생각하지."

"시온 님……."

"하지만, 화가 난다고 함부로 힘을 행사하려고 하는 너희들은…… 그다지 좋지 않고, 그러니까…… 그게, 뭐라고 해야 하나, 그…….."

횡설수설하며, 볼이 살짝 발그레해져서, 시온이 말했다.

"나, 나는…… 웃고 있는 너희들이 더 좋아."

메이드들이 일제히 할 말을 잃었다.

"젠장, 이런 말 하게 만들지 말라고……."

창피한지 머리를 긁는 시온.

메이드들은 넋이 나간 것처럼 입을 다물고 있었지만— 마침내 펑, 하고.

주위를 가득 채우고 있던 살기와 마력이 순식간에 사라져버렸다.

이형으로 변모했던 네 명은 한순간에 원래의 인간 모습으로 돌아왔다.

"조, 조, 좋아 한다고요……? 시온 님이, 저를 좋아, 하신다고……?! 뭐야, 그거…… 아아…… 안 돼…… 저, 더 이상 서 있을 수가 없어요…….”

“에헤헤~ 뭐야~ 정말, 시 님 귀여워! 그래, 그랬구나~ 그정도
로 날 좋아하는구나~”

“쓰, 쓰러지지 마, 아르셰라! 페이나는 달라붙지 말고!”

“하아. 바보짓 했네. 그럼, 전 잠깐 누워서 쉴게요.”

“큭…… 나리마님…… 방금 그 말씀, 저같이 미숙한 것에게는
너무나 아까운 말이옵니다.”

“자지 마, 이브리스! 나기는 울지 마!”

시끌시끌.

정신 사나운 메이드들을 진정시키고, 시온은 깊은 한숨을 쉬었
다.

“정말이지…… 이것들은, 매번 정말…….”

투덜대는 것처럼 중얼거린 뒤에.

주저앉아 있는 가렐 쪽으로, 걸어갔다.

“오래 기다렸지?”

담담하게 말하는 시온을, 공포 때문에 떨고 있는 두 눈이 바라
봤다.

“뭐, 뭐, 뭐냐고, 넌……? 대, 대체, 뭐 하는 놈이야?”

“괴물이야.”

시온이 말했다.

그 목소리에는 너무나 쓸쓸한 감정이 담겨 있었다.

“2년 전, 마왕을 쓰러트렸을 때—— 난 저주에 걸렸지. 죽고 싶
어도 죽지 못하는, 불사신 괴물…… 그런 용사였던 놈의 잔재가,

바로 나다."

2년 전——

시온은 용사로서 싸웠다.

용사 파티를 이끌며, 마왕이 이끄는 군세와 계속 싸웠다.

마지막에는 마왕성으로 쳐들어가서 측근인 『사천여왕』과도 격전을 펼쳤고, 한 사람, 또 한 사람 동료들이 쓰러져가는 속에, 혼자만 끝까지 계속 싸웠고——

사투 끝에, 마침내 마왕을 토벌했다.

하지만.

웃었다.

웃고 있었다.

시온이 숨통을 끊는 순간, 마왕은, 정말 기쁘게 웃고 있었다——

"마왕을, 쓰러트렸…… 다고? 웃기지 말라고. 2년 전에 마왕을 쓰러트린 건 레비우스잖아? 용사 레비우스가, 마왕을 해치워줬잖아?"

무슨 바보 같은 소리냐는 것처럼, 가렐이 말했다.

그렇다. 그것이 이 세상의 상식이다.

마왕을 쓰러트린 것은 레비우스 벨터 서게인.

명문 귀족 서게인 가문 출신의, 날렵한 얼굴의 미청년이다.

인류 대다수는 그가 세상을 구했다고 믿고 있다.

"레비우스…… 그게, 누구지?"

"왜, 그거. 아마 마왕성 입구에서 쓰러졌던 자식. 얼굴만 괜찮았던."

"아~ 듣고 보니 그런 게 있었지. 아마 시 님이 전이 마술로 근처 도시로 날려 보내서 살려줬지?"

페이나와 이브리스가 말한 대로, 레비우스는 원래 시온과 함께 했던 파티 멤버 중의 한 명이었다. 우수한 검사였지만 마왕군의 맹공 앞에 패배. 죽기 직전에 시온이 전선에서 이탈시켰다.

시온의 저주가 판명된 뒤에—— 가짜 용사로 추켜세운 사람이 그 레비우스였다.

왕실로서도 편리한 존재였을 것이다. 명문 귀족 가문 출신인데다 생김새도 좋다. 평화의 상징으로서 더할 나위 없는 가짜였다.

이 나라 사람들은 하나같이 레비우스를 사랑했고, 그가 자신들을 이끌어주기를 바랐다.

시온은 땅바닥에 떨어져 있던 검을 집어 들었다.

"오랜만이네. 이 검은—— 예전에 내가 썼던 거야."

"무, 무슨 소리야? 그건 용사가 썼던 검인데?! 마왕을 쓰러트린, 전설의 무기다! 레비우스가 애용했던 검이고, 그래서 나는, 그걸——."

"아까도 말했을 텐데? 마왕을 쓰러트린 건 나라고."

"……정말, 이냐. 정말로, 너 같은 어린애가, 마왕을…….."

경악과 두려움에 눈이 휘둥그레져서, 가렐은 멍하니 시온을 바라봤다.

"그렇다면, 어째서 넌…… 이런 데 있는 거야?! 마왕을 쓰러트린 용사가 되면, 돈도 명성도 여자도, 이 세상 모든 게 네 마음대로일 텐데! 지금의 레비우스처럼, 인류의 영웅이 돼야 하잖아! 그런 자식이, 왜 이런 촌구석에서나 처박혀 있는 거냐고?!"

"그 답은── 지금부터 네 몸으로, 알게 될 거야."

"무, 무슨 뜻─?! 커, 헉……."

갑자기 가렐이 가슴을 움켜쥐고 괴로워하기 시작했다. 안색이 창백해지고 숨이 거칠어진다. 온몸에서 힘이 빠진 것처럼, 앞으로 쓰러지고 말았다.

"흠. 성검의 가호 덕분인지, 조금 늦게 나타났나보네."

"허, 헉…… 허억…… 이 자식, 무슨 짓을 한 거냐……."

"**아무것도 안 했어.** 아무것도 안 했기 때문에 너무나 귀찮은 거야."

더러운 것이라도 내뱉는 것처럼 말하는 시온.

"마왕이 나한테 건 저주는, 불사신의 몸뿐만이 아니야. 흡정(吸精), 에너지 드레인……. 어떻게 불러도 좋지만, 아무튼 나는 그냥 가만히 있기만 해도 주위에 있는 생명들을 빨아들이지. 그런 괴물이 되고 말았어."

"에너지, 드레인……."

"아무리 억누르려고 해도, 완전히 억누르는 건 불가능했어. 감쇠는 해도 소멸하지는 않더군. 지금의 내가 시내에서 산다면── 한 달 만에 도시 하나가 멸망하겠지."

"……큭!"

"이런 괴물이, 어떻게 용사 노릇을 하겠어."

마왕을 쓰러트린 뒤에──

시온을 보냈던 왕실은 소년을 지고의 영웅으로서 맞아들이려 했지만── 저주가 판명된 순간, 노골적으로 손바닥을 뒤집었다.

어떤 이는 싫어하고, 어떤 이는 더러운 것처럼 취급하고, 어떤 이는 괴물을 상대로 아첨을 떠는 것 같은 태도를 보였다.

최종적으로 내려진 명령은── 마왕은 다른 이가 쓰러트린 것으로 할 테니, 너는 먼 곳으로 떠나라는 것이었다. 돈은 줄 테니까, 다른 사람들 눈에 띄지 않는 곳에서 폐 끼치지 말고 살라는, 그런 명령.

그 명령을── 시온은 받아들였다.

받아들이는 것 말고는 선택지가 없었다.

"히, 히익! 저리 가…… 오, 오지 말라고! 으, 아아…….."

가렐은 절규하고, 필사적으로 도망치려 했다. 하지만 자리에서 일어나지도 못했다.

체력도 마력도, 온갖 생명력들을 전부, 계속 빼앗기고 있으니까.

시온은 천천히 걸음을 옮겼다.

어린 얼굴에는── 아무런 감정도 없다.

오싹할 정도로 차가운 눈으로, 하찮은 생물이라도 보는 것 같은 눈으로, 애벌레처럼 꿈틀거리는 남자를 바라보고 있다.

"내, 내가, 잘못했다! 내가 잘못했다고! 도, 돌려줄게! 성검도 보석도, 궁전에서 훔친 건 전부 돌려줄게! 그러니까 제발, 목숨만은······."

"흐음. 뭔가 착각하고 있는 것 같은데."

눈물을 흘리며 목숨을 구걸하기 시작한 도적에게, 시온은 담담하게 말했다.

"궁전에 침입한 것과 절도에 대해서는, 나는 아무런 상관도 없다. 날 쫓아낸 왕실에 이제 와서 지킬 의리도 없으니까."

"······아, 알았다. 네 목을 날린 것도, 미안하다고 생각──."

"아니. 그 정도는 긁힌 상처 정도도 안 된다고, 아까도 말했는데."

"그럼, 뭔데."

"모르겠어?"

짜증 섞인 투로 말하더니, 시온은 고개를 들어 정원을 빙 둘러봤다.

『성검 멜토르』의 참격 때문에 엉망이 된 정원.

아마도 아무런 의미도 없는, 인사 대신 날린 공격. 시시한 시위 행위 때문에 저택 정원이 무참한 꼴이 돼버렸다.

시온은 발밑에 흩어져 있는 장미 한 송이를 집어 들었다. 아름답게 피어 있어야 할 꽃잎은, 무자비한 참격 때문에 당장이라도 떨어져버릴 것만 같았다.

"······이 장미는 아르셰라가 매일 돌보던 거야. 책을 읽고, 열심히 키우는 방법을 공부해서······ 겨우 예쁜 꽃이 피었지."

시온은 분한 것처럼, 정말로 분하다는 것처럼, 격렬한 노기가 담긴 말을 토해냈다.

"저택의 벽은, 엉망진창이었던 것을 페이나가 수리하고 색도 다시 칠했어. 이상한 낙서를 하려고 해서, 내가 몇 번이나 말렸지. 거기 돌 판이 깔린 바닥은, 이브리스가 계속 투덜대면서 돌을 깔았어. 그렇게 농땡이를 피우면서도, 일단 일을 시작하면 정말 깔끔하게 잘해. 그리고 이 정원은, 나기가 텃밭을 돌보는 김에 매일같이 잡초를 뽑아줘서, 잡초 하나 없이 깔끔하지. 알겠어, 가렐게어?"

시온이 말했다.

"네가 장난삼아 파괴한 건―― 내 집이야. 나와, 내 가족이, 열심히 꾸려온 집이라고."

그녀들과 함께 지낸 것은―― 1년 전부터.

1년.

겨우 1년.

하지만, 그래도 시온에게는 너무나 깊은 1년이었다.

구해줬다고 생각한 인류에게 배신당하고 갈곳을 전부 잃은 소년에게, 네 명의 존재는 구원이었다.

지옥 같은 고독에서, 자신을 구해줬다――

"내 집을 다치게 한 죄, 그 목숨으로 갚아……!"

조용한, 하지만 불타는 것 같은 분노가 담긴 목소리로 말하고, 시온은 한 걸음 내디뎌서 적과의 거리를 좁혔다.

그리고―― 오른손의 장갑을 벗었다.

그러자 드러난 소년의 손등에는 무시무시한 칠흑의 문양이 새겨져 있었다.

"……마왕의 목숨을 빼앗은 이 오른손은, 특히 심한 저주가 걸려서 말이야. 이 오른손으로 직접 만지면── 온갖 생명이 한순간에 죽음에 이르게 되지."

"으…… 아, 아아……."

공포와 에너지 드레인 때문에, 가렐한테는 저항할 힘은 고사하고 비명을 지를 힘도 남아 있지 않았다.

그래도── 시온은 멈추지 않았다.

적이라고 인식한 사내를 향해, 오른손을 내밀었다.

평소에는 필사적으로 억누르고 있는 저주를, 주위의 생명을 강제로 빨아들여 자기 것으로 삼아버리는 에너지 드레인을── 해방했다.

그렇다.

이것은 기술 따위가 아니다.

잘 단련한 무술도 아니고 연구해서 발전시킨 마술도 아니다.

힘을 줄 필요도 없이.

고생할 필요도 없이.

그냥─ 힘을 빼기만 하면 된다.

기(技)도 술(術)도 아닌 그것은, 말하자면── 단순한 생태.

지금의 시온에게는 천천히 심호흡 하는 것이나 마찬가지──

"──『진호흡(노 브레스)』."

그 자리에는 시온과 아르셰라 두 사람이 있었다.

"지시하신대로 가렐 게어는 큰길가에 버려뒀습니다. 성검을 포함한 도난품들은 회수했습니다만, 어떻게 할까요?"

"창고에라도 넣어둬. 편지 한 통만 보내면, 나중에 왕실에서 사람을 보내서 가져가겠지."

"알겠습니다. 그런데 시온 님—— 그 도적, 죽이지 않아도 됐나요?"

"…………."

"결국 그 오른손은 아슬아슬한데서 멈추셨는데."

"죽일 가치도 없다고 생각했을 뿐이야. 죽기 직전까지 생명력을 빼앗았으니까, 마력도 신체능력도 최소한 5년 동안 회복되지 않아. 다시는 도적으로 살아갈 수도 없고, 싸우면 어린애한테도 지겠지. 대가는, 그 정도로 충분하다고 판단했어."

"하지만…… 그렇게 다 죽어가는 상태로 버려두면, 도적이나 마물이 나타났을 때 대처할 수 없을 것 같습니다만."

"굳이 살게 해줄 가치도 없겠지."

강하게 말했지만, 시온의 눈동자는 불안 때문에 흔들리고 있었다.

"내가…… 너무 차가운 걸까?"

예전의 자신이라면—— 용사라고 불리던 시절의 자신이라면.

아직 이 세상이 아름답다고 믿어 의심치 않던 자신이라면.

아무리 자신을 죽이려 했던 사내라고 해도, 빈사 상태로 방치하지는 않았겠지. 이 사람도 근본적으로 나쁜 사람은 아닐 것이다. 도적질을 하게 될 수밖에 없었던 슬픈 과거가 있었을 것이다── 그런 거만한 시선에서 나오는 동정심을 품고, 상대를 갱생시키려고 노력했을지도 모른다.

하지만 지금의 자신은 도저히 그런 생각이 들지 않았다.

중죄인이라고 해도 사람 하나를 죽일 뻔했는데, 마음에는 별다른 감상도 후회도 없다. 잔혹할 정도로 차분했다.

왕실에서 웃음이 나올 정도로 엄청난 태도 변화를 보고, 인간의 추악함을 직접 본 탓일까.

어쩌면── 마왕이 걸어놓은 저주가 시온의 마음까지 마의 길로 떨어트리려고 하는 걸까.

"아닙니다. 전혀 그렇지 않습니다."

아르셰라가 말했다.

이쪽의 심경을 알아차린 건지, 부드럽고 따뜻한 목소리로.

"시온 님은 너무 상냥하시다고 생각합니다."

"그런가?"

"예. 무엇보다 시온 님은── 적이었던 저희를 도와주셨으니까요."

"…………."

"저희『사천여왕』은 용사인 시온 님께 패배한 탓에, 마왕에 의해 처형당해야 했습니다. 그런 저희를, 목숨을 걸고 지켜주신 분이 시온 님이십니다."

"……그런 일도 있었지.『사천여왕』의 필두였던 아르셰라한테는 몇 번이나 죽을 뻔했던 것 같은데."

"저, 저는 기억이 없습니다. 경애하는 시온 님을 다치게 하는 짓을, 제가 할 리가 없지 않습니까."

알기 쉽게 동요한 아르셰라를 보고, 시온은 피식 웃었다.

처음에는—— 적이었다.

아르셰라도, 페이나도, 이브리스도, 나기도.

강대한 적으로서 시온의 앞을 가로막고, 몇 번이나 서로 죽이려고 싸웠다.

마왕성에 진입한 최종 결정에서, 시온은 『사천여왕』을 상대로 승리를 거뒀지만—— 그 직후에 마왕은, 뜻밖에도 네 명을 죽이려고 했다.

용서할 수 없었다.

동료를 쉽사리 죽여버리려고 하는, 마의 왕을.

그래서 시온은 몸을 던져서 그들을 지켰고, 그대로 마왕에게 칼을 겨눴다.

"마왕이 죽고, 마왕군은 붕괴. 마계에도 인간계에도 갈 곳이 없는 저희에게, 시온 님은 메이드라는 새로운 역할을 주셨습니다. 정말…… 너무 상냥하십니다."

점점, 아르셰라의 말에 열기가 담겼다.

"이 아르셰라, 구해주신 목숨을 전부 시온 님께 바칠 각오가 되어 있습니다. 부디 오래오래 곁에 있게 해주세요."

"……그래. 뭐, 그건 좋은데……."

말하면서, 시온은 주위를 둘러봤다.

김이 가득 고여 있는 이 공간은—— 저택의 욕실이다.

"저, 정말로, 같이 목욕하는 데 의미가 있는 건가?"

지금 두 사람은 욕실에 있고, 아르셰라가 시온의 등을 씻어주고 있다.

두 사람 모두 당연히 옷은 입지 않았다. 시온은 허리에 수건을 둘렀을 뿐이고, 아르셰라도 가슴부터 아래쪽을 가리려는 것처럼 커다란 타월을 감은 상태. 하지만 탈의실에서 얼핏 보고 말았던 그녀의 폭력적인 육체는, 천을 한 장 둘렀다고 가려지는 것이 아니었다.

역시나 음마의 여왕이 되기 위해 태어난 『바빌론』이라고 해야 할까.

이 세상 모든 남성을 시각만으로 승천시켜버릴 것만 같은 극상의 여체는, 어린 소년이 똑바로 바라볼 수 있는 것이 아니었다.

"목욕 정도는 나 혼자서도 할 수 있는데."

"그게 무슨 말씀이십니까?!"

뒤에 있는 아르셰라가 큰 소리로 말했다.

"주인의 몸을 청결하게 유지하는 것도 메이드의 임무입니다. 제가 조사한 바에 의하면 왕이나 귀족 등의 고귀한 신분인 인간이 목욕할 때는, 고용인이 시중을 드는 것이 당연한 일이라고 하던데요?"

"저, 정말이야?"

"예. 책에 그렇게 적혀 있습니다. 앞으로는 저희 넷이 교대로 시온 님의 목욕을 돕도록 하겠습니다."

"너는 또…… 그렇게 책에 나온 지식을 있는 그대로 받아들이고."

"하지만…… 어쩔 수 없지 않나요."

갑자기 여자의 목소리가 가라앉았다.

"어차피 저는…… 가짜 메이드입니다. 전문적인 교육 따위는 받지도 않았고…… 이 저택에 오기 전에는 세탁도 요리도 경험해 본 적이 없는, 손을 피로 더럽혔던 여자입니다. 가짜 메이드일 뿐인 제게는, 책에 있는 지식을 따라 하는 것 말고는 시온 님을 도울 방법이 없습니다."

"아르셰라……."

시온은 말실수를 했다고 생각했다. 아르셰라는 그저 인간 메이드처럼 하려고 했을 뿐이다. 마왕군 간부로서 수많은 부하들을 거느리고 있던 고위 마족인 아르셰라가, 열심히 인간 흉내를 내려 하고 있다.

그저, 시온을 위해서.

"……그런 말을 하지 마, 아르셰라. 자기가 가짜라는 말은, 하지 말라고. 그렇게 따지면…… 나도 가짜 주인이야. 안 좋은 집안에서 태어났고, 지위도 명예도 없어. 거기다가."

손등에 새겨진, 끔찍한 저주의 각인.

최근 2년 동안 조금, 아주 조금 커진 것처럼 보인다.

"이런 저주가 무서워서 밤에 혼자 자지도 못하는, 한심한 주인이야."

저주에 걸리고, 왕도에서 쫓겨나고, 이 저택에 도착했을 무렵에——

무엇보다 밤이 무서웠다.

의식이 사라지는 게 무서웠다.

자는 사이에 저주가 강해지는 건 아닐까. 저주에 자아를 빼앗겨서 몸도 마음도 완전히 괴물이 돼버리는 건 아닐까—— 그런 공포가 가슴을 가득 채워서, 제대로 잘 수 있는 날이 단 하루도 없었다.

하지만.

"하지만—— 최근에는 잘 자고 있어."

시온은 말했다.

"아르셰라하고, 다른 사람들이 같이 있어 준 덕분이라고 생각해."

"시온 님……."

그랬더니 등 뒤에서 손이 뻗어왔다. 아르셰라의 가느다란 손이, 오른손 위에—— 저주의 각인 위에 올라오고, 깍지 끼려는 것처럼 손가락 사이에 손가락을 넣어서 꼭 잡았다. 시온은 반사적으로 손을 빼려고 했지만, 아르셰라의 손가락은 허락하지 않았다.

"아, 안 돼. 지금은 장갑을 안 꼈으니까……."

"괜찮아요."

초조해하고 두려워하는 시온에게, 아르셰라가 상냥하게 안아주는 것처럼 말했다.

"시온 님의 피를 받고 시온 님의 권속이 된 저희는 저주의 영향을 안 받으니까요. 이렇게 직접 만져도, 괜찮아요."

"……하지만, 언제 저주가 강해질지 모르잖아. 권속의 계약을 뛰어넘을 가능성도——."

"괜찮습니다."

같은 말을 되풀이했다.

"오늘 아침에도 말했잖아요? 시온 님을 만지는 것도, 만져주시는 것도, 하나도 싫지 않다고요. 오히려…… 더 사랑스럽게 느껴질 뿐이에요."

녹아버릴 것만 같은 달콤한 말에, 시온은 침묵했다.

손등에 얹은 그 손을, 손을 뒤집어서 꼭 잡았다.

여자의 가느다란 손을, 소년의 작은 손으로.

"따뜻하네, 아르셰라 손은."

"시온 님 손도 따뜻해요."

"……앞으로도, 이렇게 살아갈 수 있으면 좋겠다."

자기도 모르게, 말을 흘리는 것처럼 말했다.

"분명히 우리는 가짜일지도 몰라. 가짜 주인과, 가짜 메이드…… 하지만, 그렇다고 해서 진짜보다 못하라는 법은 없어. 어쩌면 진짜보다 더 훌륭한 가짜가 될 수 있을지도 몰라. 그러니까, 앞으로도 계속, 다같이——."

거기까지 말했을 때, 퍼뜩 정신을 차렸다.

"차, 창피한 말을 했네. 잊어줘……."

"…………."

"아르셰라? 저기, 아르셰——?!"

꼬옥, 하고.

뒤에 있는 아르셰라가 갑자기 시온을 끌어안았다. 등에 거대하고 부드러운 두 개의 감촉이 느껴지자 시온의 얼굴이 새빨개졌다.

그 생생하고 직접적인 감촉을 봤을 때…… 수건이 벗겨진 것 같다.

"어, 뭐야?!"

"정말이지…… 치사해요. 시온 님. 그럼 말씀을 하시면, 제가, 참을 수 없게 돼버리잖아요……!"

열기가 담긴 목소리가 귀를 간질였다.

요염하고 달콤한 목소리가 온몸을 쓰다듬는 것 같은 착각까지 들었다.

"이, 이거 놔, 떨어져……!"

"앙. 얌전히 계세요. 그래, 이대로, 제 몸을 이용해서 봉사해드릴까요. 온몸에 거품을 묻히고, 살과 살을 맞대면서."

"뭐야 그 씻는 방법은?!"

"책에 있었어요."

"그거 틀림없이 이상한 책이야!"

두 사람이 온몸을 밀착시킨 채로 부산을 떠는── 그때였다.

"아~! 역시 야한 짓 하고 있다!"

욕실 입구에서 페이나가 나타났다.

수건 한 장만 몸에 두른 차림새다 보니 몸의 라인이 거의 다 드러나 있었다.

갑작스러운 등장에 아르셰라가 황급히 시온한테서 떨어졌다.

"뭐, 뭐야, 페이나?!"

"나도 같이, 시 님 시중을 들까 싶어서."

"오늘은 제가 당번이라고 정했잖아요!"

"그치만 치사하잖아~. 같이 자기 당번일 때도, 아르셰라가 멋대로 『처음에는 메이드장인 제가』라고 하면서, 멋대로 순서를 정했고."

"그, 그건……."

"그러니까, 오늘은 다~ 같이 하면서, 시 님한테 있는 대로 없는 대로 봉사하기로 정했습니다!"

영문 모를 선언이 끝나자, 페이나 뒤쪽에서 나머지 두 사람도 얼굴을 내밀었다.

당연히 수건 한 장만 두른 차림으로.

"자, 어서 나와 나기. 언제까지 창피해하고 있을 건데."

"하, 하지 마라…… 큭. 어째서 네놈들은 그렇게 태연한 것이냐. 나리마님 앞에서 살갗을 드러내다니…… 차, 창피해서 죽을 것 같다……!"

"정말이지, 나기는 정말 순진하다니까. 저 치녀 둘을 좀 보고 배워라."

"누가 치녀야."

"치녀 아니거든, 난 시 님한테만 이런 거 하거든~."

"자각은 있네."

"무, 무엇보다 나는, 네놈들처럼, 남자들에게 먹히는 몸이 아니다. 이런 빈궁한 몸을, 나리마님 앞에서 드러낼 수는."

"나기, 그렇게 자기를 비하하지 말고. 넌 정말 예뻐. 날씬하면서 유연한, 정말 매력적인 몸이라고 생각해."

"……아르셰라. 네놈이 무슨 말을 하건 빈정대는 말로 들릴 뿐이다."

"아~ 그러게~."

"가슴 귀신은 납작 가슴의 심정을 모를 테니까."

"누, 누가 가슴 귀신이라는 거야?!"

그렇게, 욕실에 모인 메이드 네 명이 시끄럽게 떠들어대고 있는데──

"……어라, 잠깐? 시 님은?"

페이나의 말이 계기가 돼서, 메이드 네 명이 주위를 둘러봤다.

하지만, 없다.

욕실 어디에도, 시온이 보이지 않는다.

당연한 일이다.

왜냐하면, 시온은── 잠깐의 틈을 노려서 도망쳤으니까.

"……도저히 못 어울려주겠다니까, 저 바보 메이드들."

갈아입을 옷을 손에 들고서, 탈의실을 뛰쳐나와 복도를 달려가는 시온.

"아~ 저기 있다! 시 님 찾았다!"

탈의실에서 메이드 네 명이 뛰쳐나왔다.

"아직 몸을 다 안 닦았어요, 시온 님!"

"흐흥~ 누나한테서 도망칠 수 있을까?"

"자, 가자 나기."

"자, 잠깐…… 아. 수, 수건 떨어졌어! 수건이 떨어졌다니까……!"

반라로 도망 다니는 주인을, 반라의 메이드들이 쫓아간다.

　아무리 봐도 올바른 주종관계라고 생각할 수 없는 광경이, 거기에 있었다.

　가짜, 하지만 어쩌면 진짜보다 행복한.

　그런 그와 그녀들의 주종관계──

제 2 장 전직 용사는 실력이 녹슬었다

악몽이 일상이었다.

2년 전── 마왕을 토벌한 이후.

왕도로 귀환한 시온에게는 악몽이 일상이었다.

마계 오지에 있던 마왕성보다── 끔직한 함정이 깔려 있고 흉 포한 마족들이 잔뜩 기다리고 있던 적의 본거지보다, 아는 사람 이 마중 나와 준 성 쪽이 훨씬 지옥이었다.

──"아무리 마왕을 쓰러트렸다고 해도, 본인이 저래서는……." "이봐, 언제까지 저런 걸 성에 둘 셈인가!" "아…… 왠지 오늘은 몸 이 안 좋은 것 같아. 틀림없이 저 애가 가까이에 있기 때문이라고." "손발에 저주를 봉인하는 말뚝을 박고 결계 안에 가둬두라고! 어차 피 괴물이다, 봐줄 필요 없다!" "그래서 내가 저런 천한 집안에서 태 어난 아이를 용사로 삼는 데 반대했던 겁니다!" "정말로 마왕을 쓰 러트리고 저주에 걸린 건가? 저 아이가 태어날 때부터 괴물이었던 건 아니고?" "어린 주제에 너무 세기 때문이야." "난 처음부터 저 꼬 마 놈이 위험하다고 생각했어." "결계로 막는 것도 한계다…… 하루 라도 빨리 왕도 바깥, 아니 외국으로 추방해야 한다." "빨리 꺼지라 고, 이 괴물." "그냥 죽어주면 안 될까? 저 녀석이 죽어주면 전부 해 결되잖아." "그래, 마왕이랑 동귀어진해서 죽었다고 하면 되겠네?" "재생력이 너무 강해서 자해도 못 한다나봐…… 정말이지, 쓸모도 없는 용사라니까."──

혐오, 증오, 질투, 비방, 중상, 모멸, 원망, 차별, 조소——

마왕을 쓰러트리고 세상을 구한 소년을 기다리고 있던 것은, 웃는 얼굴로 자신을 보내줬던 자들에 의한 장절한 배신이었다.

'아, 그렇구나.'

왕도의 지하 감옥.

저주를 어떻게든 봉인하려고 몇 겹으로 쳐놓은 봉인 결계 속에서, 시온의 두 손은 벽에 말뚝으로 못 박혀 있었다.

책형에 처한 죄인 같은 모습으로, 어린 영웅은 조용히 생각했다.

'출생이 안 좋고, 가족도 없고…… 고아인 나한테, 왕족들이 잘 대해줬던 건—— 내가 쓸 만한 놈이었기 때문인가.'

이용 가치가 있었기 때문에.

마왕을 쓰러트릴 것 같았기 때문에.

그래서 그들은 시온을 칭찬하고, 교언영색을 늘어놓고, 『용사』네 뭐네 추켜세우고, 마왕군을 정벌하러 보냈다.

그리고 지금은—— 쓸모가 없어져서 박해하고 있다.

잔혹할 정도로 알기 쉬운 논리였다.

——"궁정 마술사들의 봉인 결계도 에너지 드레인을 완전히 막을 수는 없지 않은가?! 폐하의 몸이 무슨 일이라도 생기면 어쩌려는 것이냐!" "제발 부탁이니까 빨리 내쫓아줘! 나, 저런 괴물이 가까이에 살고 있다고 생각하니까 미쳐버릴 것 같아!" "……미안하다, 시온. 이해해다오. 우리가 널 위해서 하는 말이다." "이건 널 위한 일이야. 너도…… 폐하와 백성들을 괴롭히고 싶지는 않겠지?" "이제야 없어

지는 건가, 무슨 일 나면 어쩌나 조마조마했는데." "아아, 공기가 맛있어진 것 같아."──

왕도에서 쫓겨난 뒤에는 죽은 것처럼 살았다.

최대한 사람 사는 곳을 피해서 유랑 여행을 계속했다.

몇 번이나 죽으려고 했지만, 저주받은 몸은 어떤 치명상을 입어도 바로 재생돼버렸다.

살을 찢건 뼈를 부수건 피를 흘리건, 아무런 의미도 없었다.

죽고 싶어도 죽을 수 없는, 불사의 괴물── 그런 주제에 보통 사람처럼 배가 고프고, 목이 마르고, 밤에는 잠이 온다.

시온은── 자는 게 무엇보다 무서웠다.

다음에 눈을 떴을 때는 자아를 잃은 괴물이 되어 있는 건 아닐까── 그런 공포가, 마음을 옭매고 죄어들었다.

무엇보다── 눈을 감으면 왕도에서 들었던 욕설과, 끔찍한 괴물이라도 보는 것 같은 눈빛들이 떠올랐다. 사람들의 추한 모습이 머릿속에 달라붙어서 떨어지지 않는다. 시온이 지키려고 했던 사람들은 시온을 지켜주지 않았고, 오히려 박해했다.

나는 뭘 위해서 싸웠던 걸까.

쓰러트려야 할 상대는── 마왕이 아니라 인간이었던 걸까.

고독한 사고는 어둠에 물들고, 마음은 밤바다 검고 탁해져 갔다. 마음이 타락하면 타락할수록── 마왕의 저주도 강해지는 것만 같았다.

자는 것이 그 무엇보다 무서웠다.

하지만.

지금은──

"──일어나셨습니까, 도련님?"

눈을 떠보니 바로 옆에 갈색 피부의 미녀가 누워 있었다.

이브리스다.

어제의 같이 자는 당번이었던 이브리스는, 짓궂은 미소를 지으며 시온을 보고 있었다.

"자, 잘 잤어, 이브리스."

"안녕히 주무셨습니까…… 그런데, 왜 쑥스러워하는 겁니까?"

얼굴이 빨개진 시온에게, 이브리스가 씁쓸한 미소를 지으면서 말했다.

"정말이지…… 벌써 몇 번이나 이렇게 같이 잤으니까, 이제 좀 익숙해지세요. 그렇게 매번 얼굴이 빨개지면 저까지 창피해지는데 말이죠?"

"차, 창피한 거 아냐!"

필사적으로 부정하며 몸을 일으키는 시온.

사실은 창피하다. 아침에 일어나면 바로 옆에 예쁜 누나가 있다는 이 상황에, 아직까지도 익숙해지지 못했다.

마음을 다잡고, 헛기침을 한 번 하고서 말했다.

"그나저나…… 정말 신기한 날이네. 이브리스가 나보다 일찍 일어나다니."

"아~ 왠지 오늘은, 그냥 눈이 잘 떠진 것 같네요."

이브리스는 몸을 일으키고 음~ 하고 기지개를 켰다. 몸을 뒤로 젖히면서 흉부가 잠옷을 들쳐 올렸다. 선정적인 모습에, 시온은 황급히 눈을 돌렸다.

"자, 그럼 일어나 볼까요. 오늘 식사 당번은 누구였더라~"

"……이브리스는 아무 짓도 안 하네."

침대에서 내려가려는 이브리스에게, 시온이 작은 소리로 말했다.

"예? 아무 짓도 안 하다뇨?"

"아니, 그게…… 아르셰라나 페이나가 같이 자는 당번일 때는, 침대에서 내려갈 때까지 한바탕 난리가 나는 일이 많아서."

아무튼 스킨십이 격렬한 두 사람과 같이 잘 때면 침대에서 내려갈 때까지 한바탕 난리법석을 피워서, 아침부터 정신적으로 피폐해지는 일이 많다. 그런 면에서 봤을 때 이브리스는 잘 때도 일어났을 때도 비교적 조용했다.

딱히 어느 쪽이 좋고 나쁘고 같은 문제가 아니라, 그냥 괜히 생각난 일을 입에 담았을 뿐인데,

"……어라라~?"

빙긋, 하고.

이브리스가 입가를 끌어 올리고, 짓궂게 웃었다.

"혹시…… 허전하신가요, 도련님? 제가 야~한 짓을 하나도 안 해서."

침대에서 내려가려던 이브리스가 몸을 빙글, 돌리더니 네 발로 엎드렸다. 가슴 계곡을 강조하면서 단숨에 시온 쪽으로 다가왔다.

"어…… 무슨."

"뭐야, 뭐야. 생긴 건 순진해 보이면서, 역시 남자네요~."

경직돼버린 시온에게 다가와 귓가에 입을 대고 속삭였다.

"엉큼해."

"——!"

등줄기가 오싹한 기분이 들었다.

말로 표현할 수 없는 치욕이 온몸을 지배하는 것만 같았다.

"제가 해줬으면 하는 게 있으면, 뭐든지 말해도 되거든요? 어쩔까요? 일단 가슴이라도 만져보실래요?"

"……하, 하지 마, 바보야! 그런, 천박한 짓 하지 말라고!"

"아하하. 그러신가요, 죄송합다."

깔깔 웃으면서, 이브리스가 떨어졌다.

긴장에서 해방된 시온은 깊은 한숨을 쉬었다.

'젠장…… 또 날 놀렸어. 난 왜 매번 이렇게 메이드들한테 놀아나는 건지…….'

머릿속은 자신을 놀렸다는 분한 마음과 자기 자신이 너무 못났다는 기분, 그리고 눈앞까지 다가왔던 연상 메이드의 커다란 봉우리 두 개로 가득 채워져서—— 저주에 대한 생각 따위는 완전히 어딘가로 날아가 버렸다.

세상을 미워하는 게 바보처럼 여겨질 정도로 소란스럽고, 자신을 괴롭히는 저주를 잊어버릴 정도로 정신없다.

그런 날들이, 지금 시온이 보내고 있는 일상이었다.

아침 식사를 마치고——

시온은 아르셰라와 둘이서 저택 지하실로 갔다.

사방 5미터 정도의 공간이고, 네 곳의 모서리에는 마석을 가공해서 만든 기둥이 세워져 있다.

그리고 바닥에는—— 커다란 마법진이.

정밀하고 복잡한 문양이 넓은 바닥이 좁아 보일 정도로 그려져 있다.

원래는 그냥 창고로 쓰던 곳이지만, 시온이 이곳을 의식장으로 개조했다.

"좋았어."

마법진 조정과 확인을 마치고, 시온은 아르셰라에게 말했다.

"그럼, 이제 의식을 시작하자."

"예."

아르셰라가 조용히 고개를 끄덕이고는 마법진 중앙으로 이동했다.

지금부터 행할 의식은—— 권속 계약의 의식이다.

메이드 네 명은 시온의 피를 자기 몸 안에 받아들이는 계약을 맺어서 시온의 권속이 됐다.

혈액과 동시에 마력을 섭취하고 마력 파장을 시온과 비슷하게 맞춰서 에너지 드레인의 영향을 받지 않게 했다.

"정말이지, 시온 님은 대단하시네요."

아르셰라가 진심을 담아서 중얼거렸다.

"마왕의 저주라는 미지의 현상에 관해서도 이렇게 타개책을 만들어내시다니."

"……타개책이라고 할 정도는 아니야. 권속화를 이용해서 일시적으로 저주를 속이고 있을 뿐이야. 그래서 이렇게── 혈액을 줘야 할 필요가 있고."

마왕의 저주.

시온은 계속 연구하고 있지만, 아직까지 명확한 타개책이나 저주를 풀 방법은 판명되지 않았다.

주위에 있는 모든 생명을 갉아먹는 저주는, 저주에 걸린 장본인인 시온에게만은 해를 끼치지 않는다── 그렇다면 대상을 시온과 비슷하게 만들 수만 있다면, 그자는 저주의 영향을 안 받게 되지 않을까.

그런 고찰을 통해서 연구하고 실천한, 메이드들의 권속화.

결론부터 말하자면── 성공했다.

시온의 피를 받아서 권속이 된 메이드들은, 에너지 드레인의 영향을 전혀 받지 않게 됐다.

하지만 아직 완벽하다고 하기에는 한참 부족하다.

그 때문에 권속의 상태를 유지하려면 정기적으로 혈액을 줘야만 한다.

오늘은 아르셰라에게 혈액을 주는 날이었다.

"피를 이용한 권속화도, 너희가 고위 마족이라서 간신히 버티는 거야. 보통 마족이나 인간이라면…… 피를 받은 순간에 육체가 안쪽에서부터 붕괴해서 죽어버리겠지."

"하지만…… 식물에는 성공하지 않았던가요? 이 저택의 정원에 있는 식물들은 에너지 드레인의 영향을 받지 않는 것 같습니다만."

"정원의 식물들은 얘기가 또 달라. 한 번 전부 말라버린 다음, 내 피를 흙에 섞었더니 간신히 적응하고 재생했을 뿐이야."

2년 전——

시온이 이 저택에 살기 시작한 지 얼마 안 돼서 주위에 있는 식물들이 전부 말라 죽었다. 생명력을 송두리째 빼앗기고, 죽은 흙만이 남았다.

하지만 연구의 일환으로 토지에 피를 뿌려봤더니, 이 주변의 흙에 시온의 마력이 깃들어서 권속에 가까운 상태가 됐다.

그 뒤로 이 일대의 흙에서 새롭게 자라난 생명들은 에너지 드레인의 영향을 받지 않는다.

정확히는 토양이 시온이라는 위협에게 적응했다고 봐야 할 것이다.

덕분에 아르셰라가 키우고 있는 장미나 나기가 재배하는 채소들도, 보통 환경과 마찬가지로 자라고 있다.

"……이렇게 연구와 실험을 거듭하다 보면, 아주 평범한 인간이라도 에너지 드레인의 영향에 적응하게 만들 수 있을지도 몰라. 사실 성공할 때까지 얼마나 많은 사람들이 희생될지는 모르는 일이지만."

아무리 적게 잡아도 수천, 까딱하면 수만 명의 목숨을 희생시키는 인체실험이 필요하게 될 것이다.

대상이 흙이나 식물이기에 할 수 있는 실험이고, 사람을 상대로 시험해볼 일은 아니다.

인간과 같이 살기 위해서 인간을 희생시킨다면, 그야말로 주객전도다.

결국은── 다시 처음으로.

최근 2년 동안 아무리 연구를 해도 이 저주를 풀 방법에 대한 단서조차도 못 찾았다.

"그렇군요. 하지만, 다행이네요."

"다행?"

"제가 고위 마족인 덕분에 이렇게 권속이 돼서 시온 님과 함께 살 수 있으니까요. 이 몸에 깃든 끔찍할 정도로 방대한 힘을, 이렇게나 기뻐한 적은 없습니다."

"아르셰라……."

불안과 고뇌가 얼굴에 드러났기 때문일까. 위로해주는 것 같은 아르셰라의 말에 왠지 창피한 기분이 들어서 고개를 돌렸다.

"으음. 잡담이 너무 길어졌네. 그만 시작하자."

"예."

고개를 끄덕이고, 마법진 중앙에 있던 아르셰라가 그 자리에서 무릎을 꿇었다. 눈앞에 서 있는 시온에게 무릎을 꿇는 모양이 됐다.

"『하늘에 소용돌이치는 사슬, 동족을 잡아먹는 뱀, 하나이자 전부인 유리 고리』"

눈을 감고 주문 영창을 시작했다. 발밑에 있는 마법진에 은은한 빛이 깃들었다.

평소에는 거의 영창을 하지 않고 마술을 발동하는 시온이지만, 이 의식에서만은 그렇게 할 수가 없었다.

자신이 새로 만들어낸 완전 오리지널 의식이고—— 마왕의 저주를 속여 넘기는, 엄청난 난이도의 술식이기 때문이다.

『동쪽에 울부짖는 소리. 서쪽에 통곡. 천지를 맺는 두 줄기 벼락. 열두 개의 마법 거울, 자웅동체의 사자. 빛을 빼앗는 황혼에 나는 바란다, 약정과 다름없는 영원한 계약을.』

영창을 마치고, 들고 있던 단검으로 자기 손가락 끝을 베었다.

푹, 살갗이 찢어지고 피가 흘러나왔다.

피 한 방울이 바닥에 떨어진다. 붉은 핏방울이 문양에 스며들어 주위로 퍼지고, 마법진에 붉은빛이 깃들었다.

이것으로 의식의 준비가 다 됐다.

이제 상대가 피를 마시면 이 계약 의식은 끝난다.

"실례하겠습니다—— 할짝."

무릎을 꿇은 아르셰라가 공손히 고개를 숙이고—— 입을 벌려서 혀를 내밀었다.

일부러 혀를 길게 뻗은 그 얼굴은, 평소의 정숙한 태도가 거짓말이었던 것처럼 천박하고 음탕하게 보였다.

날름.

길게 내민 혀로 손끝의 핏방울을 핥았다.

"으윽."

상처를 혀로 핥자, 시온이 움찔하고 몸을 떨었다. 몇 번이나 사투를 경험해서 아픔이나 상처에는 익숙할 텐데—— 어째선지 아르세라의 혀에는 묘한 반응을 하고 말았다.

"할짝, 할짝…… 으음…… 쪼옥…… 아앙."

붉은 혀가 손가락 끝을 집요하게 핥아댔다. 피가 나오는 끝부
분은 물론이고 손가락 전체를 열심히 핥더니, 손가락과 손가락
사이에도 격렬하게 혀를 돌려댔다.

"이, 이봐, 아르―?!"

암, 하고.

주의를 주기 직전에―― 밑동까지 단번에 입에 물었다.

손가락 끝이, 뜨거운 감촉에 감싸였다. 입속에서는 혀가 미친
듯이 춤추면서, 한없이 관능적인 자극을 줬다.

"으, 응…… 하으, 하아, 시온, 니임…… 아음."

"으, 으으, 앗."

짜릿한 자극에 시온은 자기도 모르게 소리를 내고 말았다. 까
끌까끌한 혀가 민감한 부분을 몇 번이고, 몇 번이고 꼼꼼하게 쓰
다듬었다.

게다가 아르셰라는 눈을 살짝 치켜뜨고 이쪽을 바라봤다. 뜨거
운 시선에 노출되자 몸을 움직일 수가 없었다.

마침내 아르셰라는 입을 오므리고, 혀를 회전시키면서 끝부분
을 핥았다. 그리고 힘껏 빨아들이고. 격렬하게 빨아들이자 시온
은 다리가 풀릴 뻔했다.

"응, 하아…… 음, 음, 음…… 쪼옥, 쪼오옥."

"으…… 아, 아……."

"음, 음, 음…… 쪼옥, 쪼옥…… 쪼오오옥―!"

"하으윽…… 그, 그만 좀 해!"

혀와 입의 움직임이 최고조에 달하기 직전에, 시온이 황급히 손을 뺐다.

손끝과 입술 사이에 늘어진 것은 타액 뿐.

엄청난 재생력 때문에 피는 이미 오래전에 멎었다.

"뭐, 뭐야, 아까부터?!"

"헉, 헉…… 죄, 죄송합니다. 시온 님의 혈액을, 한 방울이라도 더 받아들이고 싶은 생각에…….'"

"……전에도 설명한 것 같은데, 이 의식에 양은 상관없어."

"그, 그건 알고 있습니다만…… 그만, 참지 못하게 돼버려서. 마치── 시온 님 자체를 빨고 있는 것 같은 기분이 됐다고나 할까요……."

"나 자신……?"

얼굴이 빨개져서 부끄러워하며 말하는 아르셰라. 그 말에 담긴 의미를, 시온은 이해하지 못했다.

"하아. 뭐 됐고. 아무튼 의식은 성공했어."

이상하게 빨아대서 알아차리지 못했지만, 마법진의 빛은 이미 사라졌다. 의식은 성공한 것 같다.

"아르셰라. 상태는 어때?"

"문제없습니다. 시온 님의 마력이, 몸속에서 느껴집니다. 제 몸 안에 들어온 시온 님이, 천천히 제 깊은 곳에 도달해서 섞여가는…… 아아, 몸속 깊은 곳이 타오르는 것 같아요…… 마치, 제 몸이 시온 님과 하나가 된 것 같은……!"

"……그, 그렇다면 다행이네."

감상은 크게 참고가 안 됐지만, 느껴지는 마력 파장은 분명히 달라졌다. 아마 문제는 없겠지.

"그런데 시온 님."

의식을 마치고 정리하려고 하는데, 아르셰라가 입을 열었다.

"이 권속 계약의 의식에서 저희가 섭취하는 매체는── 꼭 혈액이어야만 하나요?"

"응? 아니…… 딱히 혈액일 필요는 없지. 내 육체의 일부나 체액을 대신 사용해도 될 거야. 하지만 가장 효과적이고 간단한 방법이 혈액──."

"체액?!"

어째선지, 아르셰라가 이상하게 물고 늘어졌다.

"……체, 체액이라고 해도 말이야, 땀이나 눈물…… 그리고, 배설물이라든지. 게다가 그것들 가지고는 혈액만큼의 효과도 없고, 너희도 싫다고──."

"시온 님. 체액은── 또 있지 않던가요?"

흥분을 감추지 못하는 얼굴로, 아르셰라가 말했다.

"다른, 체액?"

"그러니까, 남성분의…… 그게, 뭐라고 해야 좋을까요. 제 입으로 직접 말씀드리기는 그렇습니다만…… 가능하다면 시온 님께서 격렬하게 원해 주셨으면 싶다고나 할까요."

"흠……?"

도무지 짐작이 안 가는 시온.

그렇다고 해서 아무것도 모르는 건 아니다. 아무리 열두 살 소년이라고 해도 최소한의 지식 정도는 있다. 아기를 어떻게 만드는지 정도는 알고 있다.

하지만.

그것을 여자에게 먹인다는 발상을, 열두 살 소년의 머리로는 도저히 떠올릴 수가 없었다.

"잘은 모르겠지만…… 아르셰라는 그쪽이 좋은 거야?"

"예?!"

시온이 순진한 눈동자로 쳐다보자, 아르셰라는 동요를 감추지 못했다.

"조, 좋다고 하면 그렇다고 말씀드릴 수밖에 없습니다만…… 그러니까, 저도, 아무나 다 좋다는 건 아니거든요? 경애하는 시온 님 것이라면…… 기꺼이 이 몸에 받아들이고 싶을 뿐이고."

"흠. 그렇다면 다음부턴 그걸로 하자."

"예에?!"

더 동요하는 아르셰라에게, 시온은 상냥한 눈빛과 함께 말했다.

"아무리 의식이라고 해도, 너희들한테 내 피 같은 걸 먹이는 게 가슴 아프기도 했거든. 뭔가 원하는 게 있다면 가능한 존중해주고 싶어. 아르셰라한테는 항상 신세를 지고 있으니까."

"……?! 누, 눈이 부십니다……."

천진난만하게 웃는 얼굴로 순수한 선의를 담아 말하는 시온을, 아르셰라는 마치 신성한 빛에 눈이 먼 악마 같은 반응을 보였다.

그 뒤에, 처절한 고민과 갈등의 표정을 보인 뒤에,

"……아, 아닙니다, 지금까지 하던 대로 부탁드리겠습니다."

그렇게, 뭔가를 포기한 목소리로 말했다.

"괜찮겠어? 뭔가 다른 뜻이 있는 것 같은 반응인데……."

"아니요, 문제없습니다…… 그저, 시온 님의 순수함을 보고, 딴 생각을 품은 저 자신이 창피해졌을 뿐입니다……."

수치심이 밴 목소리로 말하고, 깊은 한숨을 쉬었다.

그리고 뭔가를 생각하는 표정으로,

"……그래. 서두를 필요 없어…… 맞아, 시온 님은, 지금 이 정도로 순진한 쪽이 좋아. 그리고 의식에서 해버리면, 다른 애들도 같은 걸 하게 될지도 모르니까……."

뭔가 혼자서 중얼거리기 시작했다.

"괘, 괜찮아, 아르셰라?"

여러모로 걱정돼서 말을 건 시온에게,

"예, 문제없습니다."

아르셰라는 기분 좋게 고개를 끄덕여보였다.

"전혀 걱정하실 것 없습니다. 언젠가 마땅한 때가 오면, 이 아르셰라가 책임지고 이 몸 전부를 충분히 활용해서 가르쳐드리겠습니다. 부디 기대해 주세요."

수수께끼 같은 말을 늘어놓으면서 미소 짓는 아르셰라.

성녀처럼 상냥한 웃는 얼굴이면서도 어딘가 악마와도 같은 욕정이 스며 있는 것 같아서, 시온은 등줄기가 오싹해지는 기분을 맛봤다.

의식이 끝난 뒤에, 시온은 페이나를 찾고 있었다.

'누가 해도 상관없기는 하지만, 그래도 페이나가 적임자겠지.'

오늘 페이나가 맡은 일은 정원 청소일 텐데, 저택 밖에는 없었다. 다시 안으로 들어와 페이나의 방으로 갔다.

문을 두드렸더니,

"예, 누구세요~"

라는 대답이 들렸다. 방에 있었던 것 같다.

"나야. 열어도 될까?"

"시 님? 예, 들어오세요."

허락을 받고 문을 열었다.

그리고―― 깜짝 놀랐다.

눈앞에 있는 것은 반라의 미녀였다.

옷 갈아입는 중이었는지, 메이드복은 침대 위에 놓여 있었다. 위아래에 입은 속옷 말고는 아무것도 안 입은 상태.

그런 차림새를 목격당했는데도, 페이나는 부끄러워하기는커녕,

"뭐양~ 시 님 엉큼행~."

간드러진 소리를 내며, 일부러 몸을 배배 꼬는 포즈를 취했다.

"~~?!"

시온은 황급히 문을 닫았다.

"뭐, 뭐, 뭐 하는 거야! 페이나?!"

"뭐긴, 정원 청소하다가 옷이 더러워져서 갈아입는 중인데?

"그러면 그렇다고 말을 해!『잠깐만요』같은 말을 하라고!"

"너무너무 소중한 주인님을 옷 갈아입는다는 이유로 문밖에서 기다리게 하는 건 너무 가슴 아프다~ 하고 생각해서~."

"큭……."

문 너머에서 들려오는 놀리는 것 같은 목소리에, 시온은 완전히 말문이 막혀버렸다.

"정말이지, 그렇게 창피해하지 않아도 되는데. 난, 시 님한테는 옷 갈아입는 거 보여줘도 아무렇지도 않은데 말이야."

"네가 괜찮아도 내가 안 괜찮아!"

"헤에~? 왜, 어째서? 야한 기분 들어서?"

"~~?! ……돼, 됐어! 이젠 나도 몰라! 계속 방에나 틀어박혀 있어!"

삐친 것처럼 소리치고 다른 데로 가버리려고 했는데,

"으아, 미, 미안해! 죄송해요 시 님. 장난이 너무 심했어요."

반성하는 목소리에 발을 멈췄다.

"나한테 뭔가 볼일이 있었잖아? 이제 옷 다 입었으니까 들어와도 돼."

"……정말이지, 넌 항상……. 좀 더 여성으로서의 부끄러움과 조신함이라는 것을……."

꿍얼꿍얼 중얼거리면서, 시온은 다시 문을 열었다.

그리고—— 깜짝 놀랐다.

눈앞에 있던 것은 옷 갈아입는 상황이 하나도 진척되지 않은, 아까와 똑같이 반라 상태인 페이나였다.

"뭐양~ 시 님——."

조금 전이랑 똑같은 대사를 하는 도중에 문을 힘껏 닫아버렸다.

"대체 뭐가 하고 싶은 거야?!"

"그게, 한 번쯤 더 해야, 재미있지 않을까, 싶어서."

반성하는 기미가 전혀 없는 목소리를 들으며, 시온은 하늘을 올려다보는 수밖에 없었다.

"……왜 그저 방에서 나오라고 불렀을 뿐인데, 이렇게 피곤한 거냐고."

"자, 자. 시온 님도 재미있었잖아요?"

저택 뒤뜰──

그 뒤로 "……이번엔, 이번엔 정말로 옷 입었지?" "응, 그래, 이번엔 꼭" 같은 대화를 몇 번이나 거듭한 뒤에, 두 사람은 저택 밖으로 나왔다.

"그래서 시온 님. 나한테 무슨 볼일인데? 그런── 살벌한 물건까지 들고 나와서."

페이나의 시선은 시온의 손 쪽을 보고 있었다.

한 손에 쥔──『성검 멜토르』를.

가렐이 가지고 있던 훔친 물건은 성검을 포함해서 전부 이 저택에 일시적으로 보관해뒀다. 이미 왕실에 편지를 보냈으니, 언젠가 사자가 와서 회수해갈 것이다.

시온은 옛 애검을 들어 보이며 말했다.

"오랜만에 단련이라도 할까 싶어서."

"단련?"

"2년 동안 세속을 피해서 은거 생활만 한 탓에, 몸이 완전히 둔해졌거든. 덕분에 어제는…… 도적 따위한테 그런 꼴을 당했지."

"아~ 목이 깔끔하게 날아갔었지."

"……그러게 말이야."

약간 놀리는 것 같은 말에 씁쓸하게 고개를 끄덕였다.

2년 전에 마왕을 토벌한 것을 마지막으로, 시온은 제대로 된 전투를 거의 해본 적이 없다. 왕도에서 쫓겨난 뒤에는 사람들 눈을 피해서 살아왔고, 메이드들과 살게 된 뒤로는 서고에 틀어박혀서 마술 연구만 했다.

실전의 감, 같은 것이 완전히 둔해졌다.

그 증거가── 어제의 추태다.

아무리 방심했다고 해도── 아무리 상대가 성검을 가지고 있었다고 해도, 예전에는 『용사』의 칭호를 받았던 자신이 겨우 도적 따위한테 그런 꼴을 당했다.

불사의 몸이 아니었다면 첫 공격에 바로 죽었을 것이다. 뭐, 불사신이라서 방심한 것도 있기는 하지만── 어쨌거나 시온은 상대에게 공격을 허락해버린 자신을 용서할 수 없었다.

"흐~응 그래, 그렇구나. 한마디로 그 단련 상태로 날 선택했다는 얘기지."

"그래. 부탁해도 될까?"

"간단한 일이지, 시 님."

공손하게 고개를 끄덕이는 페이나.

이 저택에 사는 메이드들은 과거에 『사천여왕』이라고 불렸던 일기당천의 고위 마족들이다. 2년 전에 몇 번이나 싸웠기 때문에 그 실력은 아주 잘 알고 있다.

훈련 상대 정도라면 아무한테나 부탁해도 되지만—— 페이나가 적입자라고, 시온은 그렇게 생각했다.

종합적인 전투능력만 따지자면 역시 아르셰라 쪽이겠지만—— 순수한 신체 능력만 보면 네 명 중에서도 페이나가 제일이다.

"운동 부족인 건 나도 마찬가지니까~. 흐흥~. 좀 재미있겠는데. 오랜만에 시 님이랑 제대로 싸운다니 말이야."

팔을 들어서 기지개를 켜면서 호전적으로 웃는 페이나.

"일단, 적당히 모의 전투라도 해보자고."

"그래, 그래. 그런데 말이야 시 님. 아무리 나라도, 시 님이 성검을 쓰면 단련이 안 될 것 같거든."

"걱정하지 마. 지금의 나는—— 성검을 쓸 수 없어."

"뭐? 그래?"

"오늘 아침에 이것저것 시험해봤는데…… 아무 반응도 없었어. 아무리 불러 봐도 『성검 멜토르』가 전혀 반응하지 않더라고."

그렇게 말하면서 손에 든 검을 봤다.

2년 전의 시온은 이 『성검 멜토르』를 들고 마왕군과 싸웠다.

예전에는 자기 손발처럼 익숙했던 칼이—— 지금은 그냥 금속 덩어리로만 느껴진다. 이 상태에서는 그냥 조금 튼튼한 쇳덩어리나 마찬가지다.

"성검이란 옛날에 신들이 인간을 위해서 만든 무구라고 해. 인간의 나약함을 불쌍히 여긴 신들이, 다른 종족에게 대항할 수단으로 성검을 만들어서 신들에게 줬다── 즉, 성검의 힘을 다룰 수 있는 건 인간뿐이야."

인간일 것.

그것이── 성검을 다루기 위한 조건.

규격을 벗어난 힘을 지닌 비보 주제에, 사용 조건은 상당히 느슨하다.

과거에 성검을 다뤘던 시온이기에, 왠지 알 수 있다.

성검은── 인간을 좋아한다.

신이 그렇게 설정해서 만들었는지, 아니면 오랫동안 인간의 손에서 다뤄지는 동안에 애착이 생긴 건지. 아무튼 성검이라는 무구에서는 인간에 대한 애정 같은 것이 느껴졌다.

성검은 인간을 사랑한다.

사람의 강함과 아름다움과 현명함── 그리고 약함과 추함과 어리석음도.

전부 그대로, 감싸 안는 것처럼 사랑해버린다.

성검은 누구든 다룰 수 있다.

아무리 약한 자라도, 어떤 악당이라도.

어제 그 도적, 가렐도 다뤘던 게 좋은 증거다. 나라에서 쫓는 중죄인이고 동료들까지 간단히 죽여버리는 사내지만, 성검은 그를 거절하지 않았다.

예를 들자면 그것은 어린아이가 아무리 잘못을 저질러도 전혀 야단치지 않고, "너는 아무 잘못이 없다"라면서 무조건 응석을 받아주는 어머니 같은…… 그런 모성이라고 부르기에는 조금 일그러진 애정.

사용자가 인간이라면 인격도 실력도 따지지 않고, 무차별적으로 힘의 사용을 허락해버린다.

누구나 쓸 수 있는 전설의 무구―― 그것이 성검이다.

사실 사용자의 기량에 따라서 끌어낼 수 있는 힘이 크게 달라지지만―― 어쨌거나.

인간이기만 하면 발동할 수 있는 무구를, 지금 시온은 발동할 수가 없다.

그 사실이 의미하는 것은, 한마디로――

"……성검의 기준에서는, 아무래도 나는 이제 인간이 아니게 돼버렸나 봐."

자조하는 것처럼 웃으며, 시온이 말했다.

당연하다면 당연한 얘기겠지.

몸은 불사고, 그냥 가만히 있기만 해도 주위에 있는 생명을 빨아먹는―― 그런 해로운 짐승이 인간일 리가 없으니까.

'이렇게까지 솔직하니까 차라리 속이 후련하네, 멜토르.'

마음속으로 투덜댔지만, 예전의 애검은 아무런 반응도 없다. 가슴 속에는 작은 아픔이 생겨났다.

육체가 아무리 어둠 속으로 빠져들더라도, 하다못해 마음만은 용사로 있겠다고―― 인간으로서 있겠다고 생각했는데, 이렇게 새삼 사실을 알고 나니 발밑에 갑자기 구덩이가 생기고, 그 속으로 끝도 없이 떨어지는 것만 같은 상실감을 맛보게 된다.

시온이 미련이 남은 것처럼 성검을 바라보고 있는데——

"꼬옥."

굳이 효과음까지 넣으면서, 페이나가 정면에서 끌어안았다. 커다란 가슴에 얼굴이 묻히고 말았다.

"윽…… 뭐야."

"시 님은 시 님이잖아?"

당황하는 시온에게, 페이나가 약간 화난 것처럼 말했다.

"인간이네 아니네가 그렇게 중요해? 그렇게 따지면, 우리 전부 인간이 아니거든~."

"아, 알았어, 알았으니까, 이거 놔."

가슴을 얼굴에 마구 비벼대는 페이나를 간신히 떼어내고, 시온은 크게 한숨을 쉬었다. 그리고 살짝, 씁쓸한 미소를 지었다.

"……그러게. 미안해. 또 쓸데없는 생각을 해버렸나 보네."

"음. 알면 됐고."

크게 고개를 끄덕이고, 페이나가 씩, 하고 웃었다.

"자, 그럼 시작해볼까. 성검이 그냥 막대기 상태라면 아무 문제도 없으니까."

"그래. 그런데…… 그 차림새로 괜찮겠어?"

시온이 새삼 페이나를 봤다.

페이나는 평소의 메이드복 차림이었다.

"움직이기 편한 옷 입고 오라고 했잖아."

"응. 괜찮아, 괜찮아. 이 옷, 꽤 움직이기 편하고…… 그리고,

싸울 준비도 하고 왔으니까."

페이나가 메이드복 옷자락을 집으면서 말했다.

"『움직이기 편한 옷』이라는 말을 듣고, 아마 전투 훈련이겠다 싶었거든. 준비는 확실하게 했어."

"흐음?"

고개를 갸웃거리는 시온. 그냥 보기에는 평소 차림새와 하나도 다를 게 없는 것 같은데. 대체 뭘 어떻게 준비했다는 걸까.

이상하다고 생각하는 시온 앞에서, 페이나가 장갑을 벗었다.

결투 신호, 는 아니겠지.

"시 님. 룰 같은 건 있어?"

"공격 마술은 안 쓰는 걸로 하자. 어디까지나 육탄전으로, 체술 승부로."

"오케이~. 그럼, 간다. 시 님."

"그래, 언제든 덤벼."

말이 끝나기가 무섭게── 슉, 하고.

페이나가 시야에서 사라졌다.

흔적조차 찾아볼 수 없다. 발에 밟혀서 살짝 눌린 잔디만이 페이나가 거기에 존재했다고 증명해주고 있었다.

시온은 성검을 쥐고 감각을 날카롭게 곤두세웠다.

'……오른쪽, 왼쪽, 뒤쪽── 아니, 위다!'

사라지기 직전에 보여줬던 수많은 페이크의 마력의 잔재, 체취의 잔향을 이용해서 상대를 현혹시키는 이동술…… 그 모든 것들을 순식간에 간파하고, 시온은 고개를 치켜들고 칼을 상단에서 수평으로 들었다.

　직후—— 운석이 떨어진 것 같은 충격이 덮쳐왔다.

　"……아핫. 정말이네."

　칼날 너머로 보이는 웃는 얼굴에 예리한 송곳니가 보인다.

　위쪽에서 강습한 거대한 충격은, 무시무시한 형상으로 변화한 손톱에 의한 일격이었다. 만약 장갑을 끼고 있었다면, 길어진 손톱 때문에 찢어졌겠지.

　"반응, 많이 무뎌졌네. 이 정도 공격쯤, 전성기 때 시 님이었다면 여유 있게 회피하고 가볍게 카운터까지 날렸을 거잖아?"

　그렇게 말하고, 페이나가 거리를 벌렸다. 그리고 단숨에 시온을 향해 거리를 좁히고, 손톱을 이용한 연속 공격을 펼쳤다.

　소나기처럼 연속으로 덮쳐오는 손톱을, 시온은 검을 이용해서 필사적으로 막아냈다.

　"……전혀 봐주지 않고 덤비는데."

　"응? 그렇게 해달라는 거 아니었어?"

　"뭐, 그렇긴 한데……."

　성검으로 공격을 튕겨내며, 시온은 씁쓸한 표정을 지었다.

　만약 상대가 아르셰라나 나기였다면, 아무리 시온이 명령했다고 해도 이렇게까지 있는 힘껏 공격하지는 않았을 것이다.

　페이나를 훈련 상대로 선택한 이유는『진심으로 싸워줄 것 같다』는 생각도 있었기 때문이지만…… 막상 이렇게 주저하지도 않고 공격을 해오니, 그건 그것대로 석연치 않은 부분이 있었다.

　'……아니, 아니야. 페이나는 그저 열심히 명령에 따르려 하고 있을 뿐이야. 오히려 감사해야 하고—— 나도 진지하게 상대하지 않으면 실례겠지."

시온은 진지하게, 지금 벌어지고 있는 싸움에 의식을 집중했다.

마술을 이용한 신체 강화와 감각 강화는 이미 해뒀다.

현대의 전투는 대부분 마술을 이용해서 행한다. 공격 마술이나 치료 마술을 이용하는 후위는 물론이고, 근접전투를 하는 전위에서도 육체에 신체 강화 술식을 걸고, 술식이 담긴 무기를 사용하기도 한다.

공격과 방어, 탐지와 치유, 이동과 도주…… 전투와 관련된 온갖 요소에 마술 요소가 깊이 관여해 있다.

'……역시 무시무시하네, 『마나가름』의 힘은.'

정신없는 공방을 펼치면서, 시온은 절절하게 생각했다.

페이나는 늑대인간이라고 불리는 마족 중의 한 명—— 그것도 마계에서도 전설이라고 일컬어지는 『마나가름』의 후예다.

먼 옛날, 세상에 두 개 있었던 태양 중에 하나를 통째로 삼켜버렸다는 일화가 있는, 전설의 마랑(魔狼)——

아직 완전히 온 힘을 다하는 건 아닌 것 같지만, 가끔씩 튀어나오는 날카롭게 찌르는 것 같은 압박감에는 전설의 피를 물려받은 늑대다운 위압감이 실려 있었다.

'…………'

페이나의 힘을 다시 확인한 것과 동시에, 묘하게 반갑다는 기분이 가슴속에 싹텄다.

2년 전—— 페이나가 마왕의 지휘하에서 『사천여왕』으로서 움직이던 때는, 몇 번이나 목숨을 걸고 싸웠다.

피로 피를 씻는 것 같은 처절한 격전을 펼쳤다.

당시의 페이나는 『사천여왕』 중에서도 가장 호전적이라는 말을 들었고, 시온과 제일 먼저 싸운 것도 페이나였다. 몇 번이나 싸웠고, 그리고 쓰러진 뒤에 "후후…… 나는 네 명 중에서도 최약체……" 같은 말을 하는 부류의 적이었다.

'겨우 2년인데, 벌써 아주 오래된 일 같다는 생각이 드네.'

도저히 믿을 수가 없다.

지금은 매일 침식을 같이하는 네 명의 메이드들과 불구대천의 원수처럼 싸우던 시절이 있었다는 사실이.

동료라고 생각했던 자들에게 배신당한 시온을 구해준 것은, 서로의 모든 것을 보여주려는 것처럼 몇 번이나 싸웠던 원수들이었다——

과거에 대한 추상에 호응하는 것처럼, 시온의 움직임이 날카로워졌다.

칼을 휘두르는 동작이 날카로워지고, 몸놀림도 가벼워진다.

몸속에 있는 감각이 다시 깨어난다.

『용사』라고 불리던 시절의 감각이——

"윽, 어이쿠."

페이나의 손톱이 칼날을 타고 미끄러진다. 상대의 움직임을 완전히 간파해야만 가능한, 공격의 위력을 완전히 죽이는 흘려내기. 탁월한 검술 실력 때문에 페이나의 균형이 무너졌다.

절호의 틈이 생겼지만, 시온은 그 틈을 노리지 않고,

"빈틈이다."

성검 손잡이 끝무리로 툭, 하고 페이나의 옆구리를 찔렀다.

그 일격을 마지막으로 모의 전투를 일시 종료.

옆구리에 손을 대고, 페이나가 감탄했다는 듯이 말했다.

"후아~. 대단한데~ 시 님. 움직임이 완전히 돌아왔어."

"간신히."

옴 몸의 근육과 몸 안에서 깔끔하게 흐르는 마력을 확인하면서, 시온이 고개를 끄덕였다.

"사실 둔해졌던 건 실전 감각뿐이니까. 마술은 계속 연구했고, 신체 강화 술식도 지금 몸에 맞춰서 재구축했거든."

순수한 인간의 몸과 다른, 저주받은 지금의 육체에 맞춰서.

"처음에는 감각과 육체의 움직임이 미묘하게 어긋났었는데…… 이젠 괜찮은 것 같아."

"역시 시 님은 대단하네. 2년의 공백을 2분 만에 되찾다니."

"페이나 덕분이야. 고마워."

실전에 가까운 높은 수준의 모의 전투를 할 수 있었기에, 짧은 시간 동안에 실전 감각을 되찾은 것 같다.

그리고── 과거에 진지하게 싸웠던 상대, 라는 점도 크겠지.

어쨌거나 전성기의 감각이 다시 깨어나고 말았다.

"아니야, 무슨 말씀을."

"도와달라고 해서 미안해. 그럼 슬슬."

슬슬 집안으로 들어가서 차라도 한잔할까, 라고 말하려고 했는

데,

"응. 그럼 슬슬── 진짜 제대로 해볼까."

돌아온 대답은 생각도 못 했던 말이었다.

"……뭐?"

"솔직히 말이야, 시 님이 한 방 먹이고, 혼자 기분 좋아져서 『자, 이제 끝』이라고 해도, 나는 완전히 소화불량이거든."

"……."

"완전히 욕구불만이야. 일방적으로 끝내고, 혼자서만 만족하면 여자들이 싫어하거든?"

"무, 무슨 얘기야……?"

"기왕 시작했으니까, 더 놀자, 시 님."

말이 끝나기가 무섭게── 화르륵! 하고.

페이나의 온몸에서 불타오르는 것 같은 마력이 뿜어져 나왔다. 머리에서는 귀가, 엉덩이에서는 꼬리가 자라났다. 입가에서는 송 곳니가 튀어나오고, 눈에는 사나운 육식동물의 눈빛이 깃들었다.

2년 전에는 자주 봤던, 페이나의 늑대인간 모습이다.

"저, 저기, 페이─?!"

그만두라는 말을 하기도 전에, 늑대인간으로 변한 페이나가 달려들었다.

재빨리 성검으로 막아냈다. 꿩음. 조금 전과 비교했을 때, 훨씬 빠르고 훨씬 무거운 일격. 이형의 손톱과 칼날이 맞부딪쳐서 힘 겨루기 상태에 들어갔다.

"……너, 그 모습으로 돌아오다니, 무슨 생각이야?"

"그러니까, 어제 시 님이『아름답다』고 칭찬했으니까, 좀 더 보여줄까 싶어서."

"그, 그런 말이 그렇다는 거고——."

"저기 시 님. 기왕 하는 김에, 내기라도 할까."

시온의 말을 무시하고, 페이나가 말했다.

"먼저 한 방 먹인 사람이 이기는 거야. 진 사람은, 이긴 사람 말을 뭐든지 듣기로 하고."

"뭐, 뭐든지……."

"흐흥~ 내가 이기면, 시 님은 내일부터 일주일 동안, 날『페이나 누나』라고 불러야 돼!"

"……!"

"그리고 또, 자기 얘기 할 때『시온은 말이야~』라고, 이름으로 말할 것!"

"뭐, 뭐라고?!"

"자, 결정! 후후후, 기대되네. 귀여운 시 님을 잔뜩 볼 수 있겠다."

황홀한 표정으로 웃으며, 페이나는 크게 도약하더니 거리를 벌리고 다음 공격 준비에 들어갔다.

'우, 웃기지 말라고……! 백보 양보해서『페이나 누나』는 그렇다 치더라도, 1인칭을 자기 이름으로 하라니……!'

그런 치욕은 도저히 못 견딘다.

하지만 페이나가 늑대인간 모습이 돼서 제힘을 발휘한다면, 이 승부, 상당히 불리해진다.

공격 마술을 쓸 수 있다면 어떻게든 방법이 있겠지만, 제일 처음에 그걸 금지해버렸다. 순수한 체술 승부를 한다면, 아무리 전성기의 감각을 되찾은 시온이라고 해도 늑대인간한테 이기는 건 상당히 힘들다.

'젠장. 어떻게 하지…….'

궁지에 몰린 시온은 필사적으로 머리를 굴렸지만── 그러는 동안에도 페이나가 무시무시한 속도로 공격을 펼쳤다.

무자비하게 덮쳐오는 거대한 손톱 앞에서,

"……큭."

시온은 몸 전체를 이용해서 회피. 예리한 손톱이 허공을 갈랐다. 페이나는 재빨리 자세를 바로잡고, 짐승처럼 민첩하게 다음 공격을 하려고 했지만──

"어…… 뭐, 뭐야?"

직후, 갑자기 움직임이 멈췄다.

"뭐, 뭐야 이거…… 우, 움직이지 않아~."

곤혹스러운 표정으로 탄식하는 페이나.

엄밀히 말하자면 전혀 움직이지 못하는 건 아니다. 페이나는 분명히 움직이고 있다. 달리는 동작을 하고 있다. 그런데── 그 자리에서 한 걸음도 이동하지 못하고 있다.

아무리 뛰어도, 목적지까지의 거리가 줄어들지 않는다──

"……방심했구나, 페이나."

시온이 한숨을 쉬면서 말했다. 이마에는 땀이 배 있다.

"마, 말도 안 돼! 이거…… 설마──『무한 회랑』?! 시 님이 자주 썼던 그거?! 그치만 이 기술은 『성검 멜토르』가 있어야 하는 거 아냐……."

『무한 회랑』.

그것은 공간에 『이동거리』라는 개념을 극한까지 『압축』하는 기술이다.

조금 전에 시온은 자기가 서 있던 자리에 가능한 한도 내에서 최대한 거리를 압축한 뒤, 한정 공간 내부의 거리를 최대한 증폭시켜뒀다. 아무 생각 없이 설치해놓은 함정에 들어가 버린 페이나는, 무한에 가까운 거리 속에 갇혀버린 꼴이 된 것이다.

한정 공간 내부에서는 겨우 몇 센티미터를 이동하기 위해——작은 나라 하나를 가로지르는 정도의 이동을 해야 한다.

아무리 뛰어도, 무한의 너머로는 갈 수가 없다.

쳇바퀴 속에서 계속 달리는 생쥐처럼.

앞에서 달려가는 거북이를 영원히 따라잡지 못하는 영웅처럼.

예전에 『멜토르』의 총애를 받고 그 힘을 극한까지 끌어냈던 시온은, 거리를 없애는 것은 물론이고 거리를 만들어내는 것도 가능했다.

원래는 『멜토르』가 있어야 가능한 일이지만——

"설마 시 님, 성검을 못 쓴다는 게 거짓말이었어?!"

"거짓말 아냐. 성검을 못 쓰는 건 사실이야."

시온이 말했다.

"성검의 힘을 써서야 가능했던 비기 『무한 회랑』—— 그걸 공간 마술로 재현했을 뿐이야."

성검이 지닌 규격을 벗어난 힘을 쓰지 않고, 자신의 마력과 만들어낸 술식만으로.

페이나는 눈이 휘둥그레졌다.

"……그, 그런 게, 가능한 거야? 성검은 보통 마술 가지고는 절대로 실현할 수 없는 일을 할 수 있어서, 성검인 거잖아?"

"고생은 했는데, 어떻게든 만들어내는 데 성공했어. 원래 공간 마술은 내 특기 분야니까."

마술에는 몇 가지 동류가 있다.

일반적인 것으로 지수화풍이라는 4대원소를 조종하는 자연 마술과, 빛과 어둠을 지배하는 음양 마술. 그밖에 생물의 육체나 생명력을 활성화시키는 치유 마술이나 강화 마술——

그리고 시간이나 공간을 조종하는 시공간 마술.

시간이나 공간에 간섭하는 마술은 초고위 마술로 분류되고, 습득하기 위해서는 방대한 학습과 타고난 센스가 필요 불가결하다고 전해진다.

"정말이지…… 진짜 시 님은 황당할 정도로 천재 소년이네."

"그렇게 대단한 건 아냐. 위력도 범위도, 게다가 발동 속도도『멜토르』를 사용한『무한 회랑』에는 한참 못 미치거든. 완전히 열화판이야."

겸손이 아니라 사실이다.

공간 마술을 복잡하게 조합해서 간신히『무한 회랑』과 같은 효과를 재현해봤지만, 많은 것들이 부족했다.

범위는 고작해야 반경 1미터 정도.

규모가 작은 데다 발동하기 전에 공간이 크게 일그러지는 미스도 발생했다. 페이나가 방심했으니까 간신히 걸렸지, 일반적인 전투였다면 틀림없이 회피했을 것이다.

"……으~~! 그치만 치사해, 시 님! 마술은 안 쓴다고 했으면서!"

"공격 마술을 안 쓴다고 했을 뿐이야. 이건 엄밀히 따지자면 공격 마술이 아니라고. 그냥 그 자리에 함정을 설치했을 뿐이니까."

"그런 거 치사해!"

"치사한 건 너잖아. 멋대로 늑대인간으로 변한 데다, 일방적으로 내기 약속까지 하고. 불만을 가질 입장이 아닐 텐데."

"으……."

"뭐, 안심해. 아까도 말한 것처럼 진짜 『무한 회랑』에는 한참 못 미치는 유사품이니까. 너라면 앞으로 10초 정도면 탈출할 수 있을 거야."

"뭐. 정말?"

"그래. 하지만……."

거기서 시온은 씩, 입가를 일그러트렸다.

"내가 한 방을 날리기에는 충분하고도 남는 시간이지."

"……?!"

페이나가 당황해서 이동하려고 했지만, 그 자리에서 한 걸음도 움직이지 못했다. 몸을 움직일 수는 있지만 『이동』으로 간주되는 행위는 전부 무위로 돌아가고 만다.

"으~~! 으~~!"

"하하하. 헛수고라니까. 자. 난 어떤 소원을 말해야 할까."

승리를 확신한 시온은 천천히 거리를 좁혔다.

아까와 마찬가지로, 성검 자루로 어깨를 찔──

그 직전이었다.

"──훗. 어설퍼, 시 님."

당황해서 버둥대던 페이나가 '작전대로'라는 것처럼 미소를 지었다.

두 손으로 메이드복 치마를 집더니,

"에잇!"

펄럭, 하고.

치마를 들췄다.

힘껏, 세차게, 그러면서도 아주 조금 창피해하면서.

얇은 천으로 가려져 있던 부분이 백일하에 드러나──

"어…… 윽……?!"

예상도 못 했던 상황에 시온이 엄청나게 동요했다. 눈에 들어온 영상이 뇌의 용량을 넘어버려서 사고가 완전 정지. 온몸이 경직.

너무 큰 충격에 성검도 놓치고, 몸이 크게 비틀거렸다.

"……흐흥~. 역시 시 님은 엉큼해~."

더 이상 싸울 상태가 아니게 돼버린 시온에게, 시간이 다 된『무한 회랑』에서 탈출한 페이나가 다가왔다.

딱, 빈틈투성이인 머리를 주먹으로 때리면서 싸움은 결판이 났다.

"자, 내가 이겼다~! 예~이!"

"……너, 너 말이, 야."

"후후후~ 승부란 비정한 거거든, 시 님?"

"…………."

"뭐, 뭐야…… 시 님도 참, 아무리 그래도 말이야, 팬티 좀 봤다고 그렇게까지 동요할 필요는 없잖아? 아까 방에서도 실컷 보여 줬는데……. 그렇게까지 의식하면 나까지 창피해지잖아……."

살짝 부끄러워하면서 하는 말을 듣고,

'이, 이 녀석, 설마 모르는 건가…….'

시온은 더 동요하고 말았다.

만약에.

만약에 팬티를 봤다면, 그렇게까지 동요하지는 않았을 것이다. 아직 그런 것에 대한 내성이 부족한 나이이기는 하지만, 팬티 정도라면 어떻게든 참을 수 있다. 그리고 페이나 자신도 말한 것처럼, 그녀의 속옷 차림은 아까 방에서 난리를 피우던 때에 몇 번이나 봤다. 아무리 선정적인 모습이라도 계속 보다 보면 어느 정도 적응이 된다.

그렇다면, 이렇게까지 크게 동요한 이유는──

"페이나…… 저기, 말이야. 너……."

머리를 쥐어뜯으면서, 어떻게든 말을 짜냈다.

"아, 안 입었거든."

"응?"

"그러니까…… 안 입었다고. 그거, 속옷……."

"……뭐? 무슨 소리야 시 님. 그럴 리가── 어라, 으에에에에에에?!"

말하면서 자기 하반신을 손으로 더듬은 페이나는, 엉덩이 쪽을 손으로 확인한 순간에 얼굴이 새빨개져서 절규했다.

"뭐, 뭐야?! 내가 왜 안 입은 거지?!"

"그건 내가 할 말이다……."

"설마 시 님이 그랬어?! 어떤 엄청난 마술로 내 팬티를 빼앗은 거야?!"

"내, 내가 그런 거 아냐! 누가 그런 변태 같은 마술을 쓰겠어!"

"그, 그치만…… 아, 맞다. 생각났다."

페이나가 복잡한 표정으로 말했다.

"시 님이 『움직이기 편한 옷 입고 와』라고 해서…… 나, 방에서 팬티를 벗고 왔어."

"……왜 그랬어."

"그, 그치만, 어쩌면 늑대인간으로 변할지도 모른다고 생각했거든. 나, 꼬리가 생기면 팬티가 늘어나거나 찢어진단 말이야. 어제도 그래서 하나 버렸고……."

모의 전투를 시작하기 전에 페이나가 말했던 『준비』의 의미를 이제야 알았다.

꼬리 때문에 속옷을 망치지 않게, 미리 벗어뒀다는 것 같다.

"그러면…… 왜 그런 짓을 했어?"

"……완전히 깜박했어."

엄청나게 낙담한 목소리로 말하면서 그 자리에 주저앉아 버리는 페이나.

전투에 너무 열중해서, 내기에 이기려는 생각만 하다가, 속옷을 안 입었다는 생각이 머릿속에서 완전히 날아가 버렸던 것 같다.

"으앙~…… 사고 쳤다…… 나 어떻게 해……."

땅바닥에 손을 짚고 네 발로 엎드린 자세로, 페이나는 완전히 풀이 죽었다. 얼굴은 새빨간 게, 참기 힘든 치욕 때문에 괴로워하고 있는 것 같다.

"페이나……."

시온은 불쌍해하는 눈으로 페이나를 바라봤다. 위로해줄까도 싶었지만, 아무리 생각해도 완전히 자업자득이라서 위로해줄 말도 생각나지 않았다.

"너…… 속옷은 아무렇지도 않게 보여주면서 말이야."

"……그게, 시 님…… 아무리 나라도…… 거기를 대놓고 보여주는 건…… 창피하거든."

"그, 그런가."

"그나저나…… 창피한 줄도 모르고 내 손으로, 활짝, 하고 거기를 보여줬다는 게…… 정말, 여러모로, 힘드네……."

"…………"

"시 님."

"응, 뭔데?"

"아까 내가, 일단은, 내가 이긴 거잖아?"

"뭐, 그렇긴 하지."

"그러니까, 부탁이야. ……지금 그거, 아무한테도 말하지 말아주세요."

"……알았어."

무겁게 고개를 끄덕이자 페이나는 힘없이 웃으며 비틀비틀 일어났다.

마음의 상처가 상당히 깊은지, 그날 하루 동안은, 평소에는 이래저래 소란스럽던 페이나가 깜짝 놀랄 정도로 얌전했다.

로가나 왕국 왕도 로디아.

그날, 왕도는 들끓고 있었다.

성 주변 시가지에 있는 중앙광장에는 남녀노소를 가리지 않고 많은 사람들이 모여 있었다. 하나같이 기대와 흥분이 담긴 눈빛이다.

"——이봐, 저기 왔다! 용사님이 돌아오셨다!"

누군가가 소리치자, 사람들이 일제히 그쪽을 봤다.

호화로운 마차가 돌이 깔린 길을 따라 다가온다.

대중은—— 환희의 도가니에 휩싸였다.

여자들을 교성을, 남자들은 굵직한 목소리로 감동과 흥분이 담긴 소리를 외쳐댔다. 장난감 검을 들고 있는 아이들은 필사적으로 마차를 쫓아가려고 하다가 경비병한테 제지당했다.

"여전히 엄청난 인기군요, 레비우스 님."

객실 안에 있는 사람은 둘. 두 사람 모두 하얀색 왕국 기사단 단복을 입고 있다.

한 사람을 젊은 여자. 밝은 갈색 머리카락에 스무 살 정도의 여성이고, 그녀는 경의가 담긴 눈으로 맞은편에 앉아 있는 남자를 바라봤다.

"이 나라의 모든 이들이 당신을 존경하고 당신이 이끌어주기를 바라고 있습니다."

"뭐…… 난 마왕을 쓰러트린 용사니까, 일단은."

왠지 따분하다는 것처럼 중얼거린 사람은 금발 청년이다. 날씬하지만 잘 단련된 몸이고, 마차 안에서 답답하다는 듯이 긴 다리를 꼬고 앉아 있다. 얼굴은 날렵하면서도 젊은 생기가 넘치고, 이목구비가 수려하다는 말이 잘 어울리는 미청년이다.

그의 이름은—— 레비우스 벨터 서계인.

명문 귀족 서계인 가문의 장남이고, 2년 전에 용사 파티의 일원으로서 마왕을 토벌하러 갔던 영웅 중에 한 사람.

그리고.

마왕을 쓰러트리고 세상을 구한 용사—— 였다고 하는 사내다.

레비우스는 마차 창밖을 내다봤다.

인파를 향해 싱글싱글 미소를 지어 보이며, 친근하게 손을 흔들었다.

세상을 구한 영웅의 서비스에, 대중들은 열광했다. 너무 감격해서 실신하는 여성도 몇 명 보였다.

레비우스는 창에서 고개를 돌리고는, 보는 사람을 전부 매료시킬 것만 같은 천사의 미소를 지우고 질렸다는 듯이 한숨을 쉬었다.

"마왕을 토벌한지도 2년이나 지났는데, 정말 질리지도 않는군."

최근 한 달 동안 레비우스는 부대를 이끌고 원정을 나가 있었다. 남쪽에 있는 마을이 마수의 습격을 받아서, 그 마을을 호위하고 마수를 토벌하기 위해서 떠났던 것이다.

임무는 무사히 성공했고, 오늘 왕도에 귀환했다.

그런 레비우스의 개선을 축하하기 위해 많은 사람들이 광장에 모여 있었다.

"레비우스 님의 인덕 덕분이겠죠. 당신이 그만큼 사람들로부터 존경받을만한 걸물이라는 뜻입니다."

"내가 옛날부터 얼굴 하나는 괜찮았지."

그리고, 레비우스는 계속해서 말했다.

아름다운 얼굴을 빈정대는 것처럼 일그러트리고.

"아무도 모르니까 말이야, 내가 가짜라는 걸."

"레, 레비우스 님!"

여성은 당황해서 큰 소리를 냈고, 재빨리 주위를 둘러보고 나서 작은 소리로 말했다.

"……그, 그건 국가 기밀입니다. 이 나라의 금기 중의 금기입니다. 누가 듣기라도 하면……."

"듣는 사람은 아무도 없어. 다들 내 목소리를 들으려고 모였을 텐데, 자기들 목소리가 너무 시끄러워서 듣지도 못하다니, 우습지도 않군."

필사적으로 소리치고 있는 대중을 슬쩍 보는 레비우스. 물론 그 순간에는 대중들이 바라는 완전무결한 미소를 짓는 것을 잊지 않았다.

"……처음에는 조금, 득 봤다는 기분도 있었지만 말이야. 윗분들 명령이라고는 해도 남의 공을 가로채서 영웅이 됐으니까."

그리고는 하지만, 이라고 말하고는.

"막상 되고 보니 허무할 뿐이야, 거짓된 영웅이라는 건 말이지."

왕을 알현해서 형식적인 찬사를 받고, 대신들에게 불려가서 잔소리를 들었다. 그것이 원정이 끝난 뒤에, 항상 있는 일이다.

"일단은 수고했다, 레비우스."

왕궁의 집무실.

대신인 고제프가 불손한 태도로 말했다. 비쩍 마른 체구와 신경이 날카로워 보이는 얼굴. 레비우스와 마찬가지로 귀족 출신인 사내고, 오랫동안 왕을 섬겨운 나라의 중진. 국정에도 크게 관여하는 권력자 중에 한 사람이다.

고제프는 집무 책상에 앉은 채, 뱀처럼 날카로운 눈으로 레비우스를 노려봤다.

"헌데, 한 달이나 걸리다니…… 너무 오래 걸린 게 아닌가? 병사들의 소모도 심하다. 국고도 무한은 아니라네?"

"마수의 숫자가 보고보다 많았고, 그리고 강대했습니다. 불만이 있다면 엉터리 보고를 올린 정찰부대 쪽에 말해주셨으면 싶군요. 저는 잘했다고 생각합니다만?"

"흥── 시온 터레스크라면 더 잘 처리했을 텐데."

고제프가 내뱉듯이 말했다.

"그 꼬마는 참으로 우수했지. 어떤 가혹한 전장에 보내도 항상 이쪽이 기대한 이상의 전과를 올렸다. 그러면서도 인격은 순수하고 겸허했지. 필요 이상의 보수를 바라지도 않았고, 평범한 병사들과 다를 게 없는 임금으로도 전혀 불만이 없었다. 정말로── 최고의 용사였지."

"……."

"그런데…… 마지막에 가서 큰 실망을 주었지. 저주 따위에 걸리다니. 이용 가치가 한참 더 남았는데…… 그래서는 써먹을 도리가 없다. 덕분에 우리는…… 너 같은 범부(凡夫)한테 대리를 맡길 수밖에 없었지."

"……"

오만한 말투로 늘어놓는 대사에, 레비우스는 뭐라고 받아칠 말이 없었다.

몇 초가 지난 뒤에,

"아하하~."

하고 웃었다. 실실 웃는, 사람 좋아 보이는 웃음. 상관의 비위를 맞추려는 것 같은, 아첨하는 웃음이었다.

"이거 참, 고제프 씨. 좀 봐주십시오. 아무리 그래도 그 천재하고 비교하면 안 되죠. 저는 평범한 사람치고는 열심히 하고 있다고 봅니다만?"

"흥. 마왕성에서 제일 먼저 도망쳐온 너를 우리가 영웅으로 만들어줬다. 좀 더 죽을 각오로 일해주지 않으면 곤란해."

"예, 잘 알고 있습니다."

실실 웃으면서 말하고, 집무실에서 나가려고 했다.

"그럼, 저는 이만."

"잠깐. 다음에 할 일이 있다."

고제프가 말했다.

"성검『멜토르』회수다."

집무실에서 나온 레비우스가 왕궁 복도를 걸어가고 있는데, 밝은 갈색 머리의 여성── 블로어가 뛰어왔다.

"수고하셨습니다, 레비우스 님."

공손하게 고개를 숙인다. 블로어는 원래 서게인 가문을 섬기는 고용인이고, 어릴 적부터 레비우스의 시중을 들고 있다. 레비우스가 가짜 용사로 추대되고, 기사단 부대장이라는 직함에 오른 뒤에는 그의 부관을 맡고 있다.

"어떠셨습니까, 고제프 님은?"

"또 빈정대는 소리를 들었지. 시온이라면 더 잘 했을 텐데, 라고."

"세상에……! 정말 너무합니다!"

"사실이니 어쩔 수 없지. 내 실력 가지고는 그 녀석 발밑에도 못 미치니까."

"레비우스 님은…… 이 나라에서 제일가는 검사가 아니십니까. 가지신 재능은 서게인 가문의 기나긴 역사 속에서도 제일간다고 할 정도고…… 애당초 시온 터레스크에게 검을 가르친 것도 레비우스 님이 아니던가요?"

"그런 때도 있었지. 순식간에 추월당했지만."

원래── 왕도에서 『신동』이라고 불리던 것은 레비우스였다. 검술의 명가인 서게인 가문에서 태어나 어릴 적부터 비범한 재능을 보였고, 모든 이가 그 장래를 기대했다.

하지만── 그것도 시온 터레스크가 나타날 때까지였다.

진짜 『신동』이 나타날 때까지.

레비우스가 기초를 아주 조금 가르쳐줬을 뿐인데, 시온의 실력은 엄청나게 향상됐다. 굳이 가르쳐주지 않아도 한 번 보여주기만 하면 온갖 기술들을 모방했고, 독자적으로 발전시키기까지 했다.

천재.

하늘이 내린 재능의 소유자.

신동.

신에게 사랑받은 것 같은 아이.

아무리 찬미해도 모자랄 지경이다.

열 살이나 어린 소년이, 순식간에 자신을 앞질러나갔다.

"내가 가진 재주라고는 검술뿐인데, 검으로 시온을 당해내지 못했다. 게다가 그 녀석은 검술만 잘하는 게 아니었지. 온갖 면에서, 진짜 천재였다."

레비우스는 과거를 그리워하는 것처럼 말했다.

"2년 전에── 용사 파티라는 걸 만들었지만…… 말도 안 되는 것이었지. 우리는 전부 시온의 하위호환이었다. 자신의 특기 분야에서조차 시온을 당해낼 수 있는 놈이 없었으니까."

검사.

마술사.

무투가.

신관.

그리고── 용사.

다양한 기능에 특화된 다섯 명이, 마왕을 쓰러트리기 위해서 편성한 파티.

하지만 그 실체는── 시온 터레스크의 원 맨 팀.

검사보다 검술이 뛰어나고,

마술사보다 마술이 뛰어나고,

무투가보다 무술이 뛰어나고,

신관보다 치유술이 뛰어난.

그것이 시온 터레스크라는 엄청난 신동이었다.

"마왕 토벌도, 거의 그 녀석 혼자 한 것이나 마찬가지였지. 우리 파티는 아무것도 못 했어. 시온 말고는 마왕성 중간에 탈락…… 참고로 제일 먼저 탈락한 게 바로 나다."

농담처럼 말했지만 블로어는 웃지 않았다.

레비우스는 한숨을 쉬고 계속 말했다.

"우리 파티는, 표면상으로는 마왕을 쓰러트릴 수 있는 정예를 모았다고 했지만…… 진실은 그게 아니다. 용사 파티라는 건 능력은 있어도 쓸모가 없는 인격 파탄자 놈들을, 시온이라는 천재 하나한테 떠넘긴 집단이었다."

"인격파탄자, 말입니까."

"나와 시온을 제외한 나머지 셋은 정말 끔찍했어. 마술사는 술고래, 무투가는 여색을 지독하게 밝히고, 신관은 상습적인 자살 시도…… 이놈이고 저놈이고, 일단 대화가 성립되질 않았지. 그런 와중에서, 나는 그저 시온과 사이가 좋아서 뽑혔을 뿐인 평범한 놈이었어. 뭐, 집단의 윤활유 같은 거야."

거기까지 말하고, 레비우스는 살짝 고개를 저었다.

"아~ 아니지. 제일가는 인격 파탄자는── 어쩌면 시온이었을

지도."

"그게…… 무슨 말씀이십니까?"

"블로어. 너라면 어떻게 할까? 목숨을 걸고 세상을 구한 뒤에 『네 공은 전부 다른 사람에게 넘길 테니까, 조용히 은거해라』는 명령을 받으면?"

"……."

"그런 짓을 해내는 엄청나게 사람 좋은 놈이 시온 터레스크다. 『그게 사람들을 위한 길이라면』이라면서, 썩어빠진 왕실의 명령을 착실하게 지키고 있다. 정말이지…… 대단하다니까. 그 녀석의 자해에 가까운 선인 같은 성격은, 충분히 이상해."

"레비우스 님……."

"뭐, 그 녀석의 공을 전부 차지해서, 뻔뻔하게 영웅의 삶을 만끽하고 있는 내가 할 말은 아니겠지만."

나도 충분히 파탄된 인간이다.

그렇게.

어딘가 자조하는 것 같이 웃으며 말하고, 레비우스는 조금 빠르게 걷기 시작했다.

"자, 일하자 일. 보통 사람은 보통 사람답게, 가짜는 가짜답게, 답이 없는 일도 열심히 해야지."

"일, 말입니까? 당분간은 휴가가 아니었던가요?"

"급한 잡무를 부탁받았거든. 성검을 회수해오라나."

"성검……?"

"내가 왕도를 비운 사이에 『성검 멜토르』를 도둑맞았다나 봐."

"예! 그, 그건 엄청난 일이 아닙니까!"

"그게, 사건 자체는 해결된 것 같아. 도적은 서쪽으로 도망쳤지만──『멜토르』는 얄궂게도 원래 주인이 탈환했다는 것 같더라고."

"원래 주인…… 설마──."

눈이 휘둥그레진 블로어에게, 레비우스가 씁쓸하게 웃으면서 고개를 끄덕여 보였다.

"그래. 시온 터레스크가, 도적한테서 『멜토르』를 탈환했다는 것 같다. 그런 내용의 서간이 왕실에 도착했다는 것 같더군. 정말이지, 그 녀석답다니까."

"그걸…… 레비우스 님이 회수하러 가시는 겁니까?"

"그 녀석이 왕도에 올 수는 없으니까."

"괘, 괜찮으시겠습니까……? 그러니까, 지금의 시온 터레스크에게는, 타인의 생명을 잡아먹는 저주가……."

"아하하. 괜찮아. 왕궁 놈들은 엄청나게 무서워하고 있지만, 시온의 저주는 그 녀석 자신이 억누르고 있는 한은 그렇게까지 흉악한 건 아냐. 건강하고 잘 단련된 사람이라면 사흘 정도는 같이 지내도 몸에 아무런 지장이 없어."

"……하, 하지만, 굳이 레비우스 님이 가시지 않아도, 그 정도 잡일은 아랫것들에게 맡기시면."

"그래. 부하를 보내라고 하더라고. 하지만 내가 지원했어. 마침 잘 됐다 싶어서 말이야."

레비우스는 말했다.

복도 창 너머로 푸른 하늘을 바라보며, 옛 동료를 떠올리는 것처럼.

"이런 기회라도 있어야, 진짜 용사님을 만날 수 있으니까."

그날, 시온은 엄청나게 흥분해서 잠에서 깼다.

"──아침이다!"

눈을 뜨자마자 이불을 박차고 침대에서 뛰어내렸다.

방의 커튼을 힘차게 열어젖히고, 창밖을 보면서 쾌활하게 웃었다.

"음! 좋은 아침이야! 오늘은 좋은 하루가 될 것 같아!"

꽤나 큰 혼잣말이었다.

너무 소란스러워서 침대에서 얌전히 자고 있던 나기도 눈을 떴다. 어젯밤의 같이 자기 당번은 나기였다. 옷차림은 동방에서 왔다는 하얀 잠옷. 꾸물꾸물 몸을 움직여서, 졸리다는 듯이 눈을 비볐다.

"예…… 에? 어, 어라?"

"오, 일어났구나. 좋은 아침이야, 나기!"

"아, 안녕히 주무셨습니까, 나리마님…… 헉. 죄, 죄송합니다! 저도 모르게 푹 잠들어버렸습니다!"

자다 깨서 곤혹스러워하던 나기가, 갑자기 펄쩍 뛰는 것처럼 일어났다. 침대 위에서 무릎을 꿇고, 머리를 바닥에 대고 엎드렸다.

"주군보다 늦게 일어나다니, 충신으로서 일생일대의 실수……!
시, 실은 간밤에 잠이 오질 않아서…… 그러니까, 저, 저는 아직
까지, 같이 잔다는 것에 익숙해지지 못해서, 기, 긴장하고 말았습
니다……. 변명도 안 되는 말이라는 것은 알고 있습니다. 저도 빨
리 익숙해지도록 여러모로 노력을── 어라?"

빠르게 말하던 나기가, 그제야 겨우 알아차렸다.

방이 어둡다.

활짝 열린 커튼 너머── 시온이 만족스레 바라보고 있는 바깥
경치는, 동이 트기 시작하기는 했지만 아직 어두운, 햇빛이 거의
비치지 않는 상태였다.

시간은 새벽 세 시에서 네 시 사이겠지.

"걱정 마, 나기. 네가 늦잠을 잔 게 아냐. 내가 멋대로 일찍 일
어났을 뿐이지."

시온이 말했다.

"깨워서 미안해. 그냥 더 자도 돼. 난…… 어떻게 할까. 잠깐 밖
에서 좀 뛰고 올까!"

"……."

더할 나위 없이 흥분한 시온을, 나기는 도저히 따라갈 수가 없
었다. 콧노래까지 흥얼거리면서 옷을 갈아입고 방에서 뛰쳐나가
는 주인을 멍하니 바라보고 나서,

"……아."

그제야 알았다.

"그렇구나. 오늘은── 그날이구나."

아침 식사 중에도 시온은 계속 흥분해 있었다.

"음! 맛있다! 실력이 늘었어, 이브리스!"

"……아, 예, 그런가요."

오늘 식사 당번인 이브리스는 주인이 칭찬을 했는데도 이상하다는 표정만 지었다.

식탁에 놓인 음식은 햄, 빵, 자르지도 않은 토마토, 그리고 어제 먹다 남은 것에 재료를 조금 추가한 콩 수프. 소박하다고 할까 심플하다고 할까, 5분도 안 걸려서 준비할 수 있는 음식들이다.

"제가 이런 말 하기는 그런데…… 실력이라든지 그런 차원의 뭔가는 하나도 없는, 완전히 대충 만든 음식인데요."

이브리스는 기본적으로 요리라는 것에 관심이 없고, 어떻게 해야 간단하고 빠르게 해치울 수 있을지를 중요하게 여긴다. 남은 것들을 최대한 활용하고, 재료를 있는 그대로 먹을 수 있는 것에는 최대한 손대지 않고 그대로 내놓는 것이 이브리스의 요리다.

빈틈없이 대충 만드는, 최대한의 대충 만든 음식.

딱히 맛없는 것도 아니라서 불만을 늘어놓는 사람은 없다. 시온도 크게 비판하지 않고, 그렇다고 칭찬하지도 않는 애매한 태도였지만,

"무슨 소리야! 요리는 손이 많이 간다고 무조건 좋은 게 아니라고. 때로는 덧셈보다 뺄셈이 중요할 때도 있어!"

유난히 칭찬을 늘어놓으면서, 접시 위에 뒹굴고 있던 토마토 한 개를 손으로 집어서 우적우적 먹어댔다. 평소 같으면 "하다못해…… 잘라주기라도 하면 안 될까?"라고 투덜댔을 텐데, 오늘은

"음! 가끔씩은 이렇게 야성적으로 먹는 것도 좋네!"라면서 아주 기뻐했다.

"……도련님, 왜 이렇게 흥분했어?"

이브리스는 의아하다는 얼굴로, 옆자리의 나기에게 물었다.

"잊은 건가. 오늘은── 그날이잖아?"

"아~ 그렇구나."

이제야 알았다는 듯이 고개를 끄덕이는 이브리스.

같은 식탁에 앉아 있던 페이나도 고개를 끄덕였다.

"한 달에 한 번 있는, 기대하시는 날이니까. 시 님이 흥분할 만도 하지."

"맞아요."

아르세라도 미소를 지으며 동의했다.

"오늘은 초하루── 한 달에 딱 한 번, 시온 님의 마력이 급격히 약해지는 날이니까."

마왕의 저주에 걸린 뒤로, 시온은 가만히 있기만 해도 주위의 생명을 빨아들이는 괴물이 되어버렸다.

무조건적인 에너지 드레인.

평소에는 시온의 의지와 장갑에 걸어놓은 봉인 술식으로 억누르고 있지만, 그래도 완전히 억누를 수는 없어서 어쩔 수 없이 주위의 생명을 빨아들이게 된다.

하지만.

『억누른 상태』의 에너지 드레인은 그렇게까지 흉악한 것은 아니다.

마술 지식이나 마력 내성이 있는 지라면, 예를 들어서 일주일 정도 시온과 같이 있어도 큰 영향은 받지 않을 것이다. 고작해야 조금 피곤해지는 정도.

하지만 세상에는 강인한 사람들만 있는 게 아니다.

어린아이나 갓난아기, 노인, 다친 사람, 환자…… 노약자는 에너지 드레인의 영향을 특히 현저하게 받는다.

만약 시내에 살면── 한 달 만에 도시가 멸망한다. 전투의 소양이 있는 사람이라면 살아남을 수 있을지도 모르지만, 대다수의 일반인은 생명력을 전부 빼앗기고 쇠약해져서 죽을 것이다.

시온은 다시는 사람들이 있는 곳에서 살 수 없다.

하지만.

그런 저주받은 소년에게도 한 달에 한 번, 마력이 약해지는 날이 있다.

초하룻날.

달이 뜨지 않는 밤을 맞이하는 날── 매달 그날 하루만은 저주가 급격히 약해진다.

평소에는 제어할 수 없는 에너지 드레인을── 완전히 제어할 수 있게 된다.

한마디로 한 달에 딱 한 번, 시온은 예전과 같은 보통 사람으로 돌아가게 된다.

불사의 몸은 변함없고, 손등에 있는 저주의 각인이 사라지는 것도 아니다. 어디까지나 에너지 드레인을 억제할 수 있는 것뿐이지만── 그날만은 불필요한 해악을 뿌리고 다니는 괴물이 아니게 된다.

누군가의 목숨을 빼앗을지 모른다고 걱정하지 않아도 된다.

사람들 사는 곳에도 갈 수 있다.

초하룻날은 은둔을 강요받는 저주받은 용사가, 보통 어린이처럼 시내를 돌아다니면서 쇼핑이나 식사를 할 수 있는 날.

시온을 매달 그 날을 너무나 기대했다.

"좋았어! 시내에 가자! 준비 다 됐어?!"

식사가 끝나고, 저택 현관 홀에서, 시온이 더는 못 기다리겠다는 것처럼 말했다. 마치 학교 행사를 기대하는 어린아이처럼.

등에는 외출용 배낭.

어젯밤 자기 전에 몇 번이나 확인했으니 빠트린 것은 없다.

시온의 준비는 완벽했다.

하지만 메이드들은──

"저기요 도련님. 『준비 됐냐』고 힘차게 말하셔도…… 저희는 아직, 누가 같이 갈지도 못 정했거든요?"

"음……."

이브리스가 차가운 목소리로 주의를 주자, 약간 침착해졌다.

매달 저주가 약해진 시온이 시내에 나갈 때는, 메이드 두 명이 동행하기로 약속했다.

전부 따라가면 아무래도 눈에 띄고, 저택에서 해야 할 일이 소홀해진다. 그렇다고 한 사람만 가면 시온과 단둘이 있게 된 메이드가 뭔가 발칙한 짓을 저지를지도 모른다…… 등등, 다양한 사정을 고려한 결과, 두 사람이 제일 좋다는 결론이 내려졌다.

"그렇구나…… 오늘 누가 같이 갈지를 아직 안 정했네. 그러니까, 어떻게 할까? 누가 같이 갈 거야?"

시온이 묻자 메이드 네 명은,

"부디 같이 하게 해주십시오, 시온 님. 한 달에 한 번만 허락된 외출…… 최고의 하루가 되도록 성심성의껏 모시겠습니다."

"저요, 저요~ 나, 같이 가고 싶어! 시 님이랑 데이트하고 싶어어~!"

"……난, 귀찮으니까 관둘래."

"저는 나리마님의 명에 따르겠습니다."

와 같은 반응.

'흠. 그렇다면 아르셰라랑 페이나한테 부탁할까.'

동행을 희망하는 두 사람에게 부탁할까 생각하는데──

"잠깐만요, 페이나. 당신…… 또 시온 님께 비싼 물건을 사달라고 조를 셈이죠? 매번, 매번, 시온 님이 한 달에 한 번 외출해서 기분이 좋아진 틈을 이용해서…….."

"뭐? 시 님이 괜찮다고 했으니까 됐잖아. 그리고 그렇게까지 비싼 거 사달라고 한 적 없거든~. 솔직히 아르셰라도 틈만 나면 시온 님을 뒷골목이나 여관으로 데려가려고 하는데, 그만 좀 하지 그래?"

"무, 무슨 말씀인가요……? 저, 저는 그저, 시온 님의 피로를 풀어드리려고 했을 뿐이지, 다른 뜻은 전혀……."

"아…… 그럼 난 잘 테니까, 나머지는 너희들끼리 알아서 잘해
봐~."

"잠깐만 이브리스. 넌 오히려 가야 한다. 나리마님과 동행해라."

"내가 왜?"

"농땡이 피우는 걸 막기 위해서다. 너는 나리마님이 보지 않으
면 정말로 하루 온종일 잠만 자지 않나. 차라리 외출에 동행하는
쪽이 낫다."

"……귀찮아. 그리고 나기 너도 가고 싶으면 그렇다고 말을 하
라고. 솔직히 쇼핑이라든지 하고 싶잖아? 도련님 따라가서 사달
라고 해."

"뭐…… 바, 바보 같은 소리를! 나는…… 남성에게 물건을 사달
라고 조르는, 천박한 여자가 아니다!"

시끌시끌.

메이드 네 명이 다투기 시작했다.

"……아, 진짜, 그만해! 시간이 아깝다고!"

당장이라도 출발하고 싶은 시온이 이렇게 말했다.

"가위바위보로 정해!"

엄정한 가위바위보 승부 끝에, 이번 외출에 동행하는 사람
은──

"……무욕의 승리인가아."

"함께 하도록 하겠습니다, 나리마님."

귀찮아하는 이브리스와 공손하게 고개를 숙이는 나기.

이 무슨 운명의 장난인지, 가위바위보 승부에서 이긴 것은 처음에 강하게 동행을 희망하지 않았던 두 사람이었다.

상당히 아쉬워하는 아르셰라와 페이나의 배웅을 받으며, 세 사람은 저택에서 출발했다.

숲을 빠져나와 조금 걸어갔더니 잘 정비된 가도가 나왔고, 거기서부터는 마차를 탔다.

목적지의 이름은—— 비스테아.

로가나 왕국 서쪽, 엘트 지방에 있는 도시 중에 하나다.

서쪽 국경이 가까운 것도 있어서 물건이나 사람들의 흐름이 왕성한, 떠들썩한 도시다. 이 근처에서는 가장 번영한 도시라고 할 수 있다.

평소에 메이드들이 식재료나 일용품을 사러 갈 때도, 거의 비스테아로 갔다.

"오, 여전히 떠들썩하네."

마차에서 내려 시내에 들어서자, 시온은 환한 얼굴로 한 달 만에 보는 시내 풍경을 바라보며 그렇게 말했다.

거리를 오가는 사람들은 한마디로 표현하자면 잡다한 느낌이었다. 예쁘게 차려입은 신사 숙녀도 있고, 지저분한 차림새로 골목길에 늘어져 있는 사람들도 있다. 반짝반짝 빛나는 눈동자로 뛰어다니는 아이가 지나가나 싶었더니, 옆 골목에서는 사슬에 묶인 노예가 인생을 포기한 눈으로 허공을 바라보고 있다.

사람들의 아름다운 면만이 아닌, 맑고 탁한 것이 뒤섞인 거리

의 광경── 그래도 바깥세상에서 격리돼서 살고 있는 소년에게
는, 사람들의 삶이 느껴지는 눈부신 세상처럼 보였다.

"자. 어디부터 가볼까."

시온은 주위를 둘러보며, 후드를 깊이 눌러썼다.

마왕 토벌의 위업이 다른 사람의 공이 되기는 했지만, 사상 최
연소로 용사 칭호를 받은 시온은 이 나라에서 그럭저럭 유명한
인물이다.

사실 유명한 건 이름뿐이고, 이런 변경지역이라면 얼굴까지 아
는 사람은 없겠지만, 그래도 조심해서 나쁠 것은 없다.

쓸데없는 소동은 피하는 게 제일이니까.

"일단 점심부터 먹죠, 도련님. 저, 벌써 배고프거든요."

"이봐 이브리스. 오늘은 나리마님을 위한 외출이다. 좀 자중하
도록."

"아냐, 괜찮아 나기. 나도 배가 고프니까, 일단 점심부터 먹자."

"역시 도련님이라니까, 뭘 좀 아시네~."

"하, 하지 마! 사람들 앞에서 머리 쓰다듬지 말라고! ……아니,
사람들 없어도 쓰다듬지마!"

머리를 쓰다듬는 이브리스에게 한마디 하고 후드를 고쳐 쓰는
시온. 그리고 배낭에 손을 넣어서 예습해온 메모를 꺼냈다.

"그러니까…… 오늘 점심은 지난달에 못 갔던 『은룡정』이라는
식당에 가려고 하거든."

"『은룡정』…… 도련님. 그 가게 얼마 전에 망했는데요. 점주가
돈 들고 도망쳤다나."

"뭐라고?! 그, 그랬구나……."

기대했던 것 중에 하나가 무산되자 풀이 죽는 시온.

그랬더니 나기가,

"식사라면…… 최근에 이 도시에서는 신기한 과자가 유행한다고 합니다."

라고 말했다.

"과자?"

"예. 서쪽에서 전해져온, 스포리아텔라인가 하는 과자라고 합니다. 여러 겹으로 겹친 파이 반죽 속에, 리코타 치즈와 커스터드를 넣어서 구운 과자라고."

"호, 호오…… 그런 과자가 있나."

관심 없는 척하면서도 자기도 모르게 눈을 반짝거리는 시온.

무엇을 숨기랴, 시온은 단 것을 아주 좋아했다.

초콜릿과 쿠키 같은 과자를 아주 좋아한다. 하지만 그런 단 과자를 좋아하는 것이 『어린애 같다』고 생각해서, 좋아한다는 걸 들키지 않으려고 노력하고 있다.

그리고 이미 메이드 네 명은 다 알고 있지만, 시온 본인은 잘 숨기고 있다고 믿고 있다.

"그렇다면…… 후학을 위해서 한 번 먹어보는 게 좋겠군, 그래. 딱히 먹고 싶어서 그러는 건 아니고, 지적 호기심을 충족시키기 위해서 라고나 할까."

"2번가의 과자가게에서 팔고 있을 겁니다. 아…… 그런데, 스포리아텔라는 지금 아주 인기라서, 점심때 전에 다 팔리는 일이 많다고 합니다."

"뭐라고?! 그, 그거 큰일이네! 서둘러야겠다!"

말이 끝나기가 무섭게, 시온이 뛰쳐나갔다.

새로운 과자를 손에 넣기 위해, 눈빛이 변해서 뛰어갔다.

그 작은 뒷모습을, 메이드 두 명이 씁쓸하게 웃으면서 바라보고 있었다.

"하하. 저런 모습을 보면 그냥 평범한 어린애라니까. 정말 귀여워 죽겠어."

"……그러게 말이다."

이브리스의 불경하다고도 할 수 있는 말에, 나기가 반론하지 않고 고개를 끄덕였다.

그 눈동자에는 깊은 근심이 서려 있었다.

"아무리 강해도, 아무리 똑똑해도…… 나리마님은 아직 12년밖에 살지 않은 아이다. 저렇게 과자 하나를 위해서 시내를 뛰어다니는 것이, 평범한 인간 아이의 모습이겠지."

"……."

"하지만 나리마님은…… 그런 『평범한』 것들을 전부 희생하고 싸웠다── 아니, 싸우게 만들었다. 욕심 많고 잔꾀나 부리는 인간 놈들이 나리마님의 선량한 마음을 이용해서 어린 소년을 전장에 몰아세우고, 『용사』라고 추켜세우면서 이용했지……."

"……하하하. 이봐 나기. 그건 우리가 할 말이 아니잖아. 도련님이 그렇게 싸웠던 게 대체 누구 때문인데. 우리도 그 원흉 중에 하나거든?"

"그건…… 그렇다만."

"뭐, 무슨 말인지는 알겠지만."

이브리스가 웃었다.

입가에 드리운 것은 얄궂은, 그러면서도 서글픈 미소였다.

"신한테 엉덩이를 걷어차이면서 살고 있는 거나 마찬가지니까, 우리 도련님은."

인간에게는 분에 넘치는 재능을 가지고 태어난 탓에, 계속 인류를 위해 혹사당해왔던 한 소년.

가진 자는 가지지 않은 자를 위해서 싸우는 것이 책무라는 것처럼 전장에 내몰려서, 인류에게 있어 악인 존재를 멸하기 위해 싸워왔다.

그리고 싸움이 끝났나 싶었더니── 이번에는 저주에 걸렸다.

자신이 지켰던 인류에게 미움을 사고, 멸시받고, 박해당하고…… 그 무공을 칭송받는 일도 없이, 고독을 강요당했다.

대체, 얼마나.

신은 시온 터레스크라는 소년에게 대체 얼마나 많은 비극을 짊어지게 해야 만족할 것인가.

신동.

그것은 과연 신에게 사랑받은 어린아이일까.

아니면── 누구보다 신에게 미움받는 아이일까.

"……신, 인가. 네가 말하니 무게가 다르군."

신을 저주해서 어둠으로 타락한 다크 엘프의 말에, 동방의 오니가 조용히 고개를 끄덕였다.

두 사람의 뇌리에는── 일 년 전의 광경이 떠올랐다.

『사천여왕』 네 명이 저택을 찾아온 날.

그녀들이 본 것은── 용사였던 존재의 처참한 몰골.

머리는 엉망으로 자랐고, 옷은 너덜너덜. 불사의 저주 때문에 몸에는 상처 하나 없었지만, 어린 얼굴에 드리운 것은 감정이 완전히 죽어버린 것만 같은 무표정. 생기라고는 찾아볼 수 없는, 빈 껍질 같은 꼴이었다.

예전에 순진무구한 정의감이 깃들어 있던 눈에서는, 더 이상 빛이라고는 찾아볼 수 없었다.

눈을 돌리고 싶을 정도로 가슴 아픈, 세상에서 미움받은 소년의 모습──

"──이봐! 이브리스, 나기, 뭐 하는 거야?! 빨리 안 가면 다 팔린다고!"

길 저편.

이쪽을 돌아본 시온이 못 기다리겠다는 것처럼 말했다.

이미 과자의 맛을 상상하고 있는지, 표정에서는 웃음이 뚝뚝 떨어진다.

밝고, 어리고, 천진난만한 웃음.

마치, 어디에나 있는 평범한 어린아이 같은──

"갈까, 나기."

"그래."

두 메이드는 서로 마주보며 살짝 웃고는, 주인의 뒤를 따라갔다.

가게 앞에서 한참 동안 줄을 서서 간신한 구입한 스포리아텔라라는 과자는 엄청나게 맛있었다.

여러 겹으로 겹친 파이 반죽이 바삭바삭하고 기분 좋은 식감을 자아냈고, 안에 들어 있는 커스터드와 리코타 치즈의 크리미한 맛이 어우러져서 훌륭한 상승효과를 발휘했다.

"이, 이건…… 맛있는데."

한 입 베어물은 시온은 입 안에 번지는 감동을 곱씹으면서 중얼거렸다. 너무 맛있어서 오히려 목소리가 작아지고 말했다.

인기가 너무 좋아서 한 사람당 하나밖에 못 사는 것이 원망스러웠다. 자기 몫을 다 먹은 시온은 낙담해서 풀이 죽었지만, 나기가 피식 웃으면서,

"나리마님. 괜찮으시다면 다음에 제가 만들어드리겠습니다."

그렇게 말했다.

"마, 만들 수 있어?!"

"예. 조금 전에 주인에게 만드는 방법을 배웠습니다. 그렇게 어려운 것도 아닌 것 같으니, 몇 번쯤 연습하면 만들 수 있을 것 같습니다."

"그렇구나…… 그럼, 부, 부탁해 볼까. 뭐, 그러니까, 그렇게까지 먹고 싶은 건 아니지만, 나기가 만들고 싶다면, 내가 막을 권리도 없으니까, 그래."

기쁨을 감추지 못하는 시온.

그랬더니 그 볼에 슥, 하고 손이 뻗어왔다.

"크림 묻었어, 도련님. 그렇게 급하게 먹으니까."

이브리스는 볼에 묻은 크림을 자기 손가락으로 훔치더니, 혀로 핥았다.

"음. 달다."

"~~~~~~~."

갑작스런 일에 시온은 얼굴이 빨개져서 뒷걸음쳤다. 그 모습을 봄 이브리스가 한심하다는 것처럼 쓸쓸하게 웃었다.

"정말이지……겨우 이 정도 가지고 일일이 쑥스러워하지 마시라고요. 정말 순진하다니까."

"쑤, 쑥스러워하는 게 아냐! 깜짝 놀랐을 뿐이다!"

과자를 먹은 뒤에는 가까운 식당에서 간단히 점심 식사를 했다.

그 뒤에 세 사람은 시내에서 제일 큰 서점으로 갔다.

수많은 책장이 늘어서 있는 서점을 둘러보며, 눈에 띄는 책들을 손에 집었다.

"응, 으응."

높은 곳에 있는 책을 집으려고 했지만, 아슬아슬하게 손이 닿지 않았다. 뒤꿈치를 들고 필사적으로 손을 뻗고 있는데, 옆에 있던 이브리스가 가볍게 집어 들었다.

"여기요."

"……조금만 더 하면 됐는데."

"아, 예. 죄송하네요."

삐친 것처럼 입을 삐죽 내민 시온에게, 이브리스는 어깨를 으쓱거려 보였다.

"그나저나…… 안 그래도 하루 종일 책만 보면서 사는데, 어쩌다 외출해서까지 서점 구경인가요. 이해하기 힘드네요~"

"신경 쓰지 마. 난 책이 좋으니까."

의연하게 말했다.

보통 갖고 싶은 책은 메이드들한테 부탁해서 사다 달라고 하지만── 시온은 이렇게 서점에 와서 이것저것 구경하면서 책을 찾는 행위가 너무나 좋았다.

원래 생각했던 책 말고도 재미있어 보이는 책과 만나는 경우도 있고, 서점 특유의 종이 냄새도 좋았다.

"솔직히 말이죠, 이렇게 당당하게 장사하는 서점에 도련님이 재미있을 만한 책이 있기는 한가요?"

이브리스는 시온이 안고 있던 책 중에 한 권을 집어 들었다.

그 제목을 보고는 노골적으로 얼굴을 찌푸렸다.

"『누구나 알 수 있는 기본 마술 입문』이라니. 뭡니까, 이거. 도련님이 이런 걸 읽어봤자, 물고기가 사람한테 헤엄치는 방법을 배우는 꼴이잖아요?"

"기본부터 배우는 사람의 마음을 이해하기 위해서 샀어."

시온은 지금 마술을 일반화하기 위한 연구에 힘을 쏟고 있다.

어쨌거나 재능이나 센스가 필요한 마술을, 어떻게 하면 누구나 가볍게 다룰 수 있는 범용성 높은 것으로 만들 수 있을까── 어떻게 하면 마술로 사람들의 생활을 보다 풍요롭게 만들 수 있을까.

그 연구를 진행하기 위해, 아무런 재능도 없는 보통 사람들의 감각을 알고 싶었다.

"지금 읽어봤는데, 이 책은 꽤 재미있어. 마술 재능이 없는 보통 사람들을 이렇게까지 꼼꼼하고 자세하게 설명해주지 않으면 전혀 이해하지 못한다는 얘기니까. 나는 어지간한 마술들은 한 번 보기만 하면 재현할 수 있으니까, 이렇게 하나부터 열까지 설명해줘야 알아듣는다는 감각을 이해하지 못했는데…… 그래, 그렇구나. 내가 2초 만에 파악한 요령이, 보통 사람들은 일 년 동안 수련해야 겨우 익히는 거구나. 흐음. 이 책처럼 조금씩 단계를 거치면서 올라가게 하면, 그건 그것대로 재미있겠네."

"……도련님. 나쁜 마음으로 하는 말이 아니라는 건 알지만, 아무래도 빈정대는 것처럼 들리니까, 사람들 앞에서 그런 말은 안 하는 게 좋아요."

눈이 반짝반짝 빛나면서 순수한 호기심에 대해 말하는 소년에게, 이브리스가 힘없이 한마디 했다.

그 뒤에 원하는 책을 열 권 정도 사서 서점에서 나왔을 때,

"응? 그리고 보니 나기는 어디 갔지?"

문득, 시온이 물었다.

"어…… 어라? 그 녀석 어디 갔지? 조금 전까지 이 근처에서 얼쩡거리고 있었는데."

두 사람은 주위를 둘러봤다. 그리고, 바로 발견했다.

나기는 길 건너편에 있는 가게 앞에 서 있었다.

그 가게는 목재 식기나 가구를 주로 취급하는 잡화점이었다. 나기는 꼼짝도 않고, 어떤 상품 하나를 빤히 쳐다보고 있는 것 같

았다.

"뭐 해, 나기?"

"히아윽!"

가까이 가서 말을 걸었더니, 나기가 깜짝 놀라서 몸을 움츠렸다.

"나, 나리마님······."

"이게 갖고 싶어?"

시온은 나기가 열렬한 시선을 보내고 있는 상품을 봤다.

그것은, 목각 인형이었다.

토끼 모양 디자인이고, 긴 귀를 제대로 재현했다. 실력 있는 장인이 수작업으로 깎아서 만들었겠지.

"아뇨! 갖고 싶다니, 말도 안 됩니다! 그냥, 보고 있었을 뿐입니다!"

"거짓말 하지 마, 나기. 최근에 여기 올 때마다 그거 봤잖아."

"쓰, 쓸데없는 소리 하지 마라, 이브리스!"

"흠. 나기는 이런 걸 좋아해?"

시온이 묻자, 나기는 잠시 고민한 뒤에,

"그, 그러니까······ 예."

그렇게 대답하고 쑥스럽다는 듯이 고개를 숙였다.

"예전부터, 이런 나무의 온기가 느껴지는 인형이 좋아서······ 어릴 적에, 아직 동방의 나라들이 평화로웠던 시절에는, 직접 만들기도 했습니다만."

"그랬구나."

"죄, 죄송합니다. 이상하겠죠? 저 같은 여자가, 이런 귀여운 인형을 좋아하다니……"

"왜 이상한데. 여성이 귀여운 걸 좋아하는 건 자연스러운 일 아냐?"

"……."

"좋았어."

어떻게 반응해야 좋을지 몰라서 입을 다문 나기를 무시하고, 시온이 가게 안으로 들어갔다. 주인에게 말해서 밖에 진열해둔 토끼 인형을 구입했다.

"자, 나기. 사왔어."

"세상에……! 바, 받을 수 없습니다!"

"사양하지 말고. 그렇게 비싼 것도 아니니까."

가격은 약 2,000에인.

가치를 따지자면 오늘 먹은 점심 식사 1인분 정도.

"하지만……."

"받아줘, 나기."

시온은 강하게, 그러면서도 부드러운 목소리로 말했다.

"나기는 정말 잘 해주고 있어. 요리, 청소, 밭일에 정원 가꾸기…… 항상 열심히 하고, 꼼꼼하게 일해주고 있잖아. 그러니까 이건, 내 감사하는 마음을 담은 거야."

"나리마님……."

"성실하고 겸손한 게 나기의 미덕이라고 생각하지만…… 갖고 싶은 게 있다면 더 솔직하게 말해도 되거든?"

아니면, 이라고 운을 띄우고.

"너한테 나는, 선물도 하나 못 해줄 정도로 도량이 작은 주인인가? 그렇다면 좀 슬프네."

"아, 아닙니다! 그런 건⋯⋯."

나기는 열심히 손을 흔들면서 부정한 뒤에, 몇 번이나 망설이는 것처럼 손을 내밀었다 뺐다가 했지만,

"그럼⋯⋯ 감사히 받겠습니다."

최종적으로는 시온의 선물을 받았다.

목각 인형을 쓰다듬으면서 환하게 웃었다.

"아아⋯⋯ 정말 귀엽습니다."

"좋아해 주니 다행이네."

"아~ 좋겠다. 나기 혼자 선물 받고 좋겠다. 도련님, 저도 뭐 좀 사줘요~."

"⋯⋯넌 지난번에 쓸데없이 비싼 침구를 샀잖아. 네가 너무 시끄럽게 굴어서 사줬는데, 한 번밖에 안 썼고⋯⋯."

"아, 아하하⋯⋯ 그게, 막상 누워봤더니 뭔가 몸에 맞질 않아서."

"넌 조금 더, 사양과 겸손이라는 걸 배워야겠어⋯⋯."

도끼눈을 뜨고 노려보는 시온과, 웃어넘기려고 하는 이브리스.

그런 두 사람 옆에서, 나기는 주인이 준 첫 선물을, 너무나 사랑스럽다는 듯이 꼭 끌어안고 있었다.

가고 싶었던 가게들을 다 둘러봤는데도 아직 해가 높이 떠 있었다.

'흠. 너무 많이 줄였나…….'

지난달에는 여기저기 잔뜩 돌아다보니 해가 저물었기 때문에, 이번에는 엄선에 엄선을 거듭해서 가고 싶은 가게를 최대한 줄였는데, 그 결과로 오히려 시간이 남아버렸다.

"이제 어떻게 할까. 집에 가기에는 좀 이른데."

아. 도련님, 이거 좀 보시죠.“

이브리스가 가리킨 것은 가게 벽에 붙어 있는 전단지였다.

"근처에 있는 카프란이라는 마을에서, 오늘 축제가 열린다는 것 같은데요."

"카프란……."

마을 이름을 들은 순간, 시온의 얼굴에 긴장한 기색이 드리웠다.

"어디 보자, 마을의 명물은 양고기 향초 구이…… 우와, 진짜 맛있겠다. 오. 이거 봐 나기. 이거, 마을의 전통공예로 만든 인형도 판다는데."

"뭣이?! 저, 정말인가……?!"

"저기요 도련님, 한 번 가보죠."

"나리마님. 이 마을은…… 마침 돌아가는 중간에 있는 곳 같습니다. 지금부터 축제에 참가해도, 그리 늦기 전에 돌아갈 수 있을 것 같습니다."

두 사람이 상당히 가고 싶어 하는 것 같다. 하지만 시온은,

"…………."

고개를 숙이고 입을 다물고 있었다. 어린 얼굴에는 불안한 기색이.

"······도련님?"

"아····· 그, 그래. 그러니까, 카프란 마을, 말이지."

"괜찮으십니까, 나리마님? 몸이 안 좋으시다면 지금 바로 저택으로 돌아갈까요?"

"아, 아무것도 아냐. 난 괜찮아····· 좋았어! 마침 오늘이 축제라고 하니까, 돌아가는 길에 들러보자!"

밝은 목소리로, 일부러 그런다는 걸 알 수 있는 태도로 말하는 시온. 주인의 자연스럽지 못한 태도에, 메이드 두 사람은 서로 얼굴을 마주 봤다.

카프란은 작은 마을이다.

주민이 백 명도 안 되는 소규모 집락인데, 오늘은 일 년에 한 번 있는 수확제 날이라서 그럭저럭 떠들썩했다. 마을 밖에서 관광하러 온 사람들도 많은 것 같다.

"오······."

축제 때문에 떠들썩한 광장을 보고, 나기는 감탄하는 소리를 냈다.

광장에서는 악기를 든 마을 사라들이 음악을 연주하고, 무희들이 춤을 피로하고 있었다.

그리고 그 중심에 있는 것은── 거대한 목상.

대략적으로 조각한 목재를 여러 개 이어 붙여서 만든 것이고, 요란한 색의 염료로 다양한 문양을 그려 넣었다. 새 같기도 하고 사자 같기도 한, 기묘하고 기발한 모습이었다.

이 마을의 전통공예 중에 하나인지, 노점에서는 다양한 크기의 비슷하게 생긴 조각상들을 판매하고 있었다.

"저게 이 마을의 수호신, 카프란의 목상인가……."

"기분 나쁜 디자인이네."

"무, 무슨 소리냐 이브리스! 네놈은 카프란 님의 좋은 점을 알아보지 못하는 거냐?!"

"……반대로 말이야, 너는 어떻게 저것의 좋은 점을 아는 건데?"

조금 전에 노점에서 산 양고기 향초 구이를 먹으면서, 질렸다는 듯이 말하는 이브리스.

"아까 그 토끼 조각이라면 나도 이해 해. 정말 정교하게 만들었고 귀여우니까. 하지만 저건, 전체적으로 너무 조잡하잖아……."

"조잡한 게 아니라 개성이다. 얼핏 보면 주정뱅이가 장난삼아 만든 것 같은 어설픈 상이지만…… 자세히 보면 뭐라 형용할 수 없는 정취가 있지 않은가?"

"아니, 아무리 봐도 주정뱅이가 장난삼아 만든 것 같은 엉터리 조각상인데."

이브리스가 크게 한숨을 쉬고,

"뭐, 그건 됐고. 문제는……."

그렇게 말하고, 뒤쪽을 돌아봤다.

인파에서 조금 떨어진 길 구석 쪽에, 시온이 덩그러니 서 있었다. 떠들썩한 축제 현장에 눈을 돌리려는 것처럼, 변장용 후드를 깊이 눌러썼다.

뭔가를 무서워하는 것 같은 태도였다.

이 마을에 들어온 뒤로 말수도 엄청나게 줄었다.

"……아무리 봐도 이상하지."

이브리스가 말하자, 기발한 상에 시선이 못 박혀 있던 나기도 걱정하는 표정을 지었다.

"역시 어디가 안 좋으신 걸까? 아니면, 뭔가 기분이 상할 일이라도 있었나……. 어쨌거나 빨리 돌아가는 게 좋겠다."

"그치. 이봐~ 도련님."

두 사람이 시온에게 다가갔다.

"……음. 왜, 왜 그래?"

"그만 돌아가자고요. 뭐랄까, 생각했던 축제가 아닌 것 같으니까."

"그렇구나. 그런데…… 나기는 괜찮겠어? 인형 갖고 싶다고 했잖아……?"

"아닙니다. 제 취향과는 많이 다르더군요. 그러니 빨리 돌아가시죠, 나리마님."

이브리스와 나기의 진언에 따라, 일찌감치 집에 돌아가기로 결정했다.

그때── 였다.

"뭐야 넌?! 외지인이 건방지게 굴지 말라고!"

"뭐 인마!? 이게…… 이 촌놈 자식이! 이런 거지 같은 축제에 와 준 것만 해도 고마운 줄을 알아야지!"

밝은 음악 소리를 찢어버리는 것 같은 고함이 광장에 울려 퍼졌다.

그쪽을 봤더니 남자 두 명이 화난 얼굴로 서로를 노려보고 있다. 노점에 있던 체격 좋은 마을 사람과, 마을 밖에서 온 것 같은 잘 차려입은 남자가 다투고 있는 것 같았다.

인파 속에 큰 구멍이 생기고, 사람들이 두 남자한테서 떨어졌다.

"오. 싸움인가. 이제야 좀 축제 같네. 좋아, 싸워라~."

"부추기지 마라, 이브리스. ……어쩔까요, 나리마님. 제가 말릴까요?"

"아니."

시온은 두 남자를 봤다.

그들에게서는 아무런 힘도 느껴지지 않았다. 체격이나 자세만 봐도 전투 경험이 없는 건 분명했다.

주위에 있는 사람들도 겁먹은 사람이나 말리려는 사람도 있었지만, 대부분은 이브리스처럼 두 사람의 싸움을 부추기고 있었다. 아 마을 축제에서는 이런 싸움이 일상다반사인지도 모른다.

"상관할 필요도 없겠지."

세 사람은 싸움에 등을 돌리고 걸어가려 했다.

그런데 그 직후,

"뭐야…… 미, 밀지 말아요── 꺄악!"

"어이쿠."

싸움을 보려고 모여든 구경꾼에 떠밀려서, 여성 한 명이 시온 앞쪽에 넘어졌다.

시온은 반사적으로 부축해줬다.

"괜찮으세요?"

"아, 예. 고맙습——?!"

도와준 여성은 고맙다는 말을 하려고 했는데, 시온의 얼굴을 본 순간에 눈이 휘둥그레졌다. 순식간에 얼굴에서 핏기가 가시고, 눈은 공포로 물들었다.

그 반응을 보고, 시온도 황급히 손으로 머리를 만져봤다.

후드가.

깊이 눌러쓰고 있던 후드가 여성을 부축하는 순간, 벗겨지고 말았다.

어린 얼굴이—— 백일하게 드러났다.

"……꺄, 꺄아아아아악!"

여성은 비명을 지르면서 시온한테서 떨어졌다. 그것은 마치, 괴물에게 잡아먹히려는 사람이 보여주는 반응이었다.

고막을 찢어버릴 것 같은 비명 소리에, 광장에 있던 사람들이 일제히 시온 쪽을 봤다.

그리고——

"야, 저기…… 저, 꼬맹이…….."

"검은 머리에 빨간 눈, 그리고, 오른손에 장갑…… 트, 틀림없어! 그때 그놈이다."

"말도 안 돼! 어, 어째서…… 저 괴물이, 또 이 마을에…….."

"이, 이봐, 뭐야…… 왜 그러는데. 저 꼬마가 뭐 어쨌다는 거야?"

"멍청아! 죽고 싶지 않으면 가까이 가지 마!"

웅성웅성.

수면에 번지는 파문처럼, 동요와 공포가 주위로 퍼져나갔다.

시온 일행 세 명 주위에서, 사람들이 거미 새끼처럼 흩어졌다. 싸움은 멈추고, 음악과 춤도 멈췄다.

소란스런 축제 분위기가 순식간에 사라져버렸다.

수많은 시선이 시온에게 향했다.

공포와 두려움에 물든 시선은 주로 마을사람들의 것이었다.

"……어? 뭐, 뭐야, 이거?"

"나리마님……? 이게 대체……?"

의아해하는 목소리로 묻는 이브리스와 나기.

시온은 고개를 숙이고, 분하다는 듯이 입술을 깨물었다.

"……젠장. 역시 오지 말아야 했어."

말하는 중에도 마을 사람들 사이에는 공포가 빠르게 번져나갔다.

여자와 어린아이, 노인들은 바로 광장을 떠나라고 해서 남자들만 남았다. 개중에는 집에서 무기를 들고 나온 자도 있다. 언제 손질을 했는지도 모를 녹슨 검과, 농사에 쓰는 낫과 괭이, 길가에 떨어져 있던 돌. 그런 무기라고도 할 수 없는 것들을 시온에게 겨눴다.

"이, 이, 괴물 자식! 우리 마을에 왜 왔냐!"

"이번엔— 우리 애를 죽이려는 거냐?! 그렇겐 못 해!"

"지, 지, 지금 당장, 마을에서 나가아아아!"

당황하고 갈라진 목소리로, 두려움에 떠는 엉거주춤한 자세로, 그래도 마을 남자들은 시온에 대한 적개심을 드러냈다.

그 필사적인 모습에, 가족과 친구들을 지키려고 하는 필사적인 모습에, 시온의 표정이 더욱 비통해졌다.

"……아, 아니야. 나는——."

"으, 으아아아! 오, 오지 마, 이 괴물아!"

시온이 앞으로 나서려고 하자, 마을 사람 중의 한 명이 돌을 던졌다.

둔탁한 소리가 났다.

돌은, 머리에 맞았다.

항상 마력에 의해 신체 능력이 강화돼 있는 시온에게 평범한 돌 따위는 아무 소용도 없다. 다치지도 않았고 아프지도 않았다.

그래도—— 어린 얼굴에는 아픈 기색이 나타났다.

극심한 고통을 주는 고문을 참는 것 같은, 너무나 괴로워하는 얼굴.

시온의 신체 능력과 반사 신경이라면, 피하려고 마음만 먹으면 피할 수도 있었고, 그 돌을 잡으려고 하면 잡을 수도 있었다—— 하지만.

더 이상, 마음이 움직이지 않았다. 변명하는 도중에 날아온 돌은, 소년이 모든 것을 포기하게 만들었다.

"나, 나리마님?! 괜찮으십니까…… 죄, 죄송합니다. 저 정도 돌 따위, 피하실 거라고……."

나기가 걱정하며 물었다. 한편, 이브리스는——

"니들…… 다 죽었어."

시커먼 분노가 깃든 눈빛으로 마을사람들을 노려봤다. 사람의 수준을 넘어선 위압감에, 마을 사람 몇 명이 겁을 먹고 주저앉았다.

"그만둬 이브리스. 마을을 전부 없애버릴 셈인가?"

귀가 뾰족해지기 시작한 이브리스를, 나기가 굳은 목소리로 말렸다. 하지만 나기의 눈동자에도 차가운 살기가 담겨 있었다. 허리에 차고 있는 칼에 손을 얹고서.

"바로 죽으면 자기 죄를 생각할 시간도 없겠지—— 한쪽 팔을 잘라내는 정도면, 충분할 것이다."

"흥. 넌 너무 착하다니까."

두 여자에게서 흘러나오는 엄청난 기백에 압도당한 마을 사람들의 얼굴이 일그러지기 시작했다.

두 사람이 당장이라도 무자비한 제재를 가하려고 한 순간——

"그만둬!"

시온의 고함소리에 가까운 목소리에, 두 사람의 움직임을 멈추고 불안해하는 눈으로 뒤를 돌아봤다.

두 사람을 흘끗 보고, 시온은 두 사람을 밀치고 앞으로 나섰다.

"미안해. 나 같은 게 여기에 오면 안 됐는데."

그렇게 말하면서 고개를 숙였다.

마치, 용서를 비는 것처럼.

"하지만…… 안심해. 난—— 아무 짓도 안 하니까. 너희에게 해를 끼치지 않아. 당장 이 마을에서 나갈게."

축제를 망쳐서 미안하다.

그렇게.

정말로 미안하다는 듯이 말하고, 시온은 마을 사람들에게 등을 돌리고 걸어갔다.

이브리스와 나기는 석연치 않은 표정으로 주인을 따라갔다.

"아~ 기분 더럽네……."

도망치듯 마을에서 나와, 가도까지 걸어가는 중에──

이브리스가 정말 불쾌하다는 듯이 말했다.

"기껏 기분 좋았는데, 다 망쳤잖아."

"……미안해. 나 때문에."

"아… 아니, 도련님 때문이라는 게 아니고요! 제가 열 받은 건, 그 이상한 마을 놈들 때문에……."

"나리마님."

나기가 발을 멈추고 말했다.

"혹시 괜찮으시다면…… 사정을 말씀해주시겠습니까? 과거에 저 마을에서, 무슨 일이 있으셨나요?"

"……."

시온도 걸음을 멈췄다.

침묵이 찾아오고, 부드러운 바람이 초원을 어루만지는 소리가 들려온다.

해는 이미 기울기 시작했고, 주위는 노을에 물들었다.

마침내, 시온이 무거운 투로 말하기 시작했다.

"……2년 전에, 왕도에서 쫓겨난 나는, 이 엘트 지방으로 왔어."

딱히── 어딘가 가고 싶은 곳이 있었던 것도 아니다. 사람이 많은 곳을 피하면서 정처 없이 방황하다가 우연히 도달했을 뿐이다.

"우연히, 이 근처를 걷고 있는데── 마수의 기척이 느껴졌어."

마수.

마의 힘에 의해 태어난 짐승들을 일컫는 말.

인간 마을이 마수의 습격을 받는 것은 신기한 일도 아니다. 마왕이 죽으면서 대륙 각지 마수들의 힘이 약해졌다고도 하지만, 그래도 완전히 소멸된 것은 아니다.

왕도나 대도시는 주둔하는 왕국 기사단이 경비를 맡고 있지만, 소규모 마을까지는 손이 미치지 않는 상황이다.

"기척을 따라가 봤더니…… 마을 밖에서 축제 준비를 하던 마을 사람들이 마견한테 습격당하기 직전이었거든."

목재를 찾아서 숲으로 들어가려던 마을 사람들이었다.

그들은 바로 도망쳤지만── 뒤처진 여자아이가 한 명 있었다.

"나는 급하게 뛰어가서…… 그 마수를 죽였지."

반사, 같은 행동이었다.

공격당하는 아이를 보자, 생각하기 전에 몸이 먼저 움직여버렸다.

하지만── 지금 생각해보면 그게 실수였다.

생각해야 했다.

지금의 자신이 어떤 존재가 돼버렸는지──

"뛰어갔을 때는, 여자아이가 잡아먹히기 직전이었지……. 그

때는 무기도 없었고, 원거리 공격 마술을 쓰면 그 아이까지 말려
들 수도 있었어. 그래서 나는── 제일 빠르고 확실한 수단을 선
택했지."

그렇게 말하고 오른손을 들었다.

"마물에게 다가가서, 장갑을 벗고, 이 손으로 건드렸어."

그것이 괴물이 돼버린 지금의 시온에게, 가장 확실하고 가장
빠른 공격수단이었다.

『노 브레스』.

저주받은 오른손으로 직접 건드리면, 모든 생명체는 순식간에
생명을 다 빨려서 죽어버린다.

"마견은, 바로 죽었어."

흉악한 마수였던 것 같다. 기사단 본부 정예 정도는 돼야 상대
할 수 있는 수준의 괴물이었다.

하지만── 시온 앞에서는, 그냥 지나가는 강아지나 마찬가지
였다.

머리를 살짝 건드렸을 뿐인데, 마견은 생명력을 송두리째 뺏겼
고, 커다란 몸이 썩어버린 것처럼 무너지더니 마지막에는 재가
돼서 사라져버렸다.

"간신히, 소녀는 무사히 구할 수 있었어…… 하지만."

마수는 쓰러트렸다.

소녀도 지켰다.

시온이 안도해서 고개를 돌렸을 때 눈에 들어온 것은──

"……그 사람들은, 좋아하지도 웃지도 않았어. 게다가…… 마

치 괴물이라도 보는 것 같은 눈으로, 날 보고 있었지."

마견을 상대했을 때와 똑같은 두려움에 떠는 눈으로── 아니, 어쩌면 그것보다 더 심했을지도 모른다.

마을 사람들은 사나운 마견보다 시온을 더 무서워했다.

"당연한 얘기야. 그냥 건드리기만 했는데 마견을 썩어서 죽게 만드는 어린애라니…… 당연히 무섭겠지. 마수보다 무서워하고 싫어하는 게…… 당연한 일이야."

당시의 시온은 아직 어설픈 구석이 있었다.

머리로는 이해해도 마음으로는 이해하지 못했다.

신동이나 용사라고 불리고, 영웅으로 추앙받던 때의 감각이 남아 있었는지도 모른다── 마음 한구석에서는 기대하고 있었는지도 모른다.

알기 쉬운 나쁜 놈을 해치우면, 예전처럼 칭찬받을 거라고.

하지만 그런 소년을 기다리고 있던 것은── 공포와 전율으로 가득 찬 눈빛.

정체도 모를 괴물을 보는 것 같은 눈이, 자신의 가슴을 후벼 팠다.

실패했다.

어렴풋한 기대를 품었던 자체가, 실수였다.

그리고.

진짜 실패는, 그 바로 직후에 일어났다──

"마수를 쓰러트린 뒤에…… 내가 도와준 여자아이가 나한테 다가오고 말았어."

바로 물러나야 했다.

마수를 쓰러트려서 마을 사람들의 안전을 확보했으니까, 아무 말도 하지 않고 바로 사라져야 했다── 그런데.

시온은, 가만히 서 있었다.

자기 때문에 겁먹은 마을 사람을 앞에서, 변명을 생각하고 말았다. 자신은 나쁜 사람도 괴물도 아니고, 그저 당신들을 지켜주려고 했을 뿐이라고, 어리석게도 그런 변명을 하려고 했다.

그리고 그 주저가── 최악의 실수였다.

"……나한테 가까이 다가온 여자아이가, 괴로워하면서 쓰러졌어. 내가…… 생명을, 흡수해버려서…….”

힘을 해방해서 마수를 쓰러트린 직후였기 때문에, 억제가 약간 허술해져 있었다. 게다가 2년 전에는 에너지 드레인을 지금만큼 제어하지도 못했다.

자신의 생각과 상관없이── 어린 소녀의 목숨을 빨아들이고 말았다.

땅바닥에 엎어진 여자아이는, 숨이 막히는 것처럼 괴로워했다.

시온은 그런 여자아이에게 손을 내밀어줄 수도 없다──

"……나는 바로 그 자리를 떠났어. 여자아이의 목숨을 구하려면, 그게 제일 좋은 방법이니까.”

도망치는 것처럼, 겁먹은 것처럼, 뛰어갔다.

도와주려고 해도, 다가가면 다가갈수록 소녀의 목숨이 위험해진다. 1초라도 빨리 사라지는 쪽이── 소녀를 위해 해줄 수 있는 유일한 일이었다.

"직접 건드린 것도 아니고, 나도 바로 떨어졌어. 아마 일시적으로 체력을 잃은 정도로 끝났겠지만…… 정확히 어떻게 됐는지는 몰라. 그때부터 지금까지, 난 그 마을에 다가가지 않았으니까……."

말을 마치고, 시온은 고개를 들었다.

이브리스와 나기가 침통한 얼굴로 시온을 보고 있었다. 풀 곳 없는 분노와 슬픔에 괴로워하는 것 같은, 답답한 얼굴이었다.

"이제 알았지. 그 마을에서 날 싫어하는 이유."

"……모르겠어."

이브리스가 짜증 섞인 목소리로, 내뱉듯이 말했다.

"뭐야 그게. 영문을 모르겠네. 도련님은…… 잘못한 게 하나도 없잖아. 오히려 그 마을의 은인이잖아…… 그런데."

"나리마님은…… 납득하셨습니까? 이대로는, 너무나…… 슬프지 않겠습니까."

"납득이고 뭐고, 어쩔 수 없는 일이잖아."

시온은 담담하게 말했다.

"지금 난, 그런 존재야. 그때의 나는 아직 자각이 부족했어. 그래서 실수했고. 그게 전부야."

모든 것을 포기한 것 같은 그 말에, 이브리스도 나기도 할 말을 잃었다.

시온은 뒤를 돌아봤다.

자신을 싫어하고 거절한 마을을 보면서── 웃었다.

온화하게, 상냥하게 미소를 지었다.

"좋은 마을이네."

"뭐?" "예?"

이브리스와 나기는 이해할 수 없다는 표정이 됐다.

"저 마을 사람들한테 나는 무시무시한 괴물일 테지. 마수를 순식간에 죽이고 소녀를 기절하게 만든, 흉악하고 무시무시한 괴물…… 그런데도 저 마을 사람들은, 나한테 맞서려고 했어. 여자와 아이들을 도망치게 하고, 위협으로부터 마을을 지키려고 했어."

무기라고 할 수도 없는 무기를 들고, 두려움과 공포로 얼굴이 일그러졌으면서도── 그래도 그들은 싸우려고 했다.

동료와 가족을 지키기 위해, 도저히 이길 리가 없는 상대와 목숨을 걸고 싸우려 했다.

"사랑하는 사람을 위해서라면 어떤 적한테도 맞서는. 자기 목숨을 희생해서라도, 누군가를 위해서 싸운다─ 그게 인간의 아름다움이라고, 난 그렇게 생각해. 난 그들의 사랑과 용기에 경의를 표하고 싶어."

"뭐야, 그게……."

"나리마님. 나리마님은…… 어디까지……."

이브리스와 나기의 눈에 비통한 기색이 담겼다. 주먹을 꽉 쥐고, 어디다 터트려야 좋을지 모를 분노를 필사적으로 참고 있는 것 같았다.

"그런 얼굴 하지 마. 이브리스, 나기. 이걸로 됐어. 난 이걸로 됐으니까."

시온이 말했다.

자신에게 들으라는 것처럼, 말했다.

어린 소년의, 자신에게 벌을 주는 것 같은 정의감과 성인 같은 박애 앞에, 두 사람은 할 말이 없었다.

저택에 돌아왔을 때는 이미 해가 저물어 있었다.

저녁 식사를 하고, 목욕을 마치고 나니 바로 잘 시간이 됐다.

"오늘도…… 벌써 끝인가."

침실 의자에 앉아 있던 시온이 창밖을 보면서 혼잣말을 했다.

오늘 밤은 초승달——

달이 없는 밤하늘에는 평소보다 많은 별들이 반짝이고 있었다.

"내일부터는 또, 집에 틀어박혀야겠네……."

잠들어버리면 내일이 온다. 내일이 오면—— 약해졌던 저주가 원래대로 돌아온다. 그저 가만히 있기만 해도 세상을 더럽히는, 무시무시한 괴물로 돌아가게 된다.

그래서 오늘만은, 한 달에 하루뿐인 오늘만은 모든 걸 잊고 싶었는데——

마지막에 가서 안 좋은 일을 겪고 말았다.

"아냐…… 내가 이런 생각을 하는 것도 건방진 짓이지. 안 좋은 일을 겪은 건, 오히려 그 마을 사람들일 테니까……."

그때.

똑똑.

침실 문 두드리는 소리가 났다.

"들어와도 돼."

"실례하겠습니다."

들어온 사람은 아르셰라였다. 평소와 마찬가지로 얇은 드레스 같은 잠옷을 입고 방 안으로 들어왔다.

"오늘 같이 자는 당번은 너였나."

"어머나. 그렇게 쌀쌀맞게 말씀하시니 조금 슬프네요."

아르셰라는 일부러 그러는 것처럼 볼을 부풀렸다.

"저는 언제나 시온 님과 같이 보내는 밤을 애타게 기다리고 있습니다. 당번 날에는 아침에 눈을 뜬 순간부터 밤에 있을 일을 생각하면서 마음이 달아오르는데…… 시온 님은 그렇지 않으신 것 같네요. 이제 저한테 질려버리신 건가요?"

"그, 그런 건 아니고……."

"우후후. 죄송합니다. 조금 짓궂은 말을 해봤습니다."

어떻게 반응해야 좋을지 곤란해하는 시온을 보고, 아르셰라가 쿡쿡 웃었다.

그리고는 갑자기 요염한 미소를 지었나 싶더니,

"자. 오늘 밤에는 어떤 저를 원하시나요, 시온 님?"

그렇게, 요염한 목소리로 속삭이면서 시온에게 다가왔다.

"제 무릎에 머리를 얹고 귀를 청소해드릴까요? 아니면 온몸을 구석구석 주물러서 풀어드릴까요? 아니면…… 시온 님이 바라신 다면 더 과격한 봉사도 해드릴 수 있습니다만? 뭐든지 말씀만 해 주세요."

입술이 그리는 요염한 웃음과 뜨거운 열기가 담긴 눈빛. 이 세상 모든 남자들을 사로잡을 것만 같은 극상의 색향이 어린 소년에게 향했다.

평소의 시온 같으면 서큐버스 여왕이 지닌 엄청난 요염함 앞에서 얼굴이 새빨개져서 당황했을 것이다.

하지만——

"……아니, 아무것도 안 해도 돼."

의자 등받이에 몸을 기댄 채, 힘없는 목소리로 말했다.

"오늘은 좀 피곤해. 그만 자자."

"시온 님……."

아르셰라한테서 억지로 밝은 분위기의 창부를 연기하는 것 같은, 그런 기척이 사라졌다. 주인을 바라보는 눈은 불안과 근심으로 촉촉하게 젖어 있었다.

"……이브리스와 나기한테, 카프란 마을에서 있었던 일을 들었습니다."

아픔을 참는 것 같은 목소리로 말했다.

"힘든 일을 겪으셨던 것 같더군요."

"그렇지도 않아. 이젠, 익숙하니까."

"…………."

"분명히 말해두는데…… 그 마을에 해를 끼치면 안 된다?"

"아무것도 안 합니다."

확실하게 해두려는 것처럼 말하자, 아르셰라가 약간 삐친 것처럼 대답했다.

"그렇다면 됐고…….."

"정말이지, 시온 님은 절 뭐라고 생각하시는 건가요?"

"아니, 그게."

"물론── 시온 님이 도와주셨는데 그 은혜도 모르고 뻔뻔하게 삶을 탐닉하고, 게다가 돌까지 던지며 괴물 취급한 마을 사람들한테는 내장이 부글부글 끓어오를 것 같이 화가 나기는 해요. 모조리, 남녀노소를 불문하고 전부 백 번쯤 죽였다가 백 번쯤 되살려서는 그쪽이 먼저 『제발 죽여줘』라고 부탁할 때까지 괴롭히고, 지옥의 괴로움을 겪게 해준 끝에 목숨을 거둔 뒤에, 마을 전체를 홍련의 업화로 불태워서 오염된 토지를 정화해버리고 싶다는 생각도 하고 있기는 해요."

"…………."

그러고도 남을 거라고 생각했다는, 그런 말이 입에서 튀어나오려고 했지만──

그 전에, 아르셰라가 말했다.

"시온 님이 바라지 않으시는 일은, 하지 않습니다."

"…………."

"본인을 박해한 마을이라도, 시온 님께는 사랑스런 인류겠죠?"

"……그래."

시온이 고개를 끄덕였다.

"난 인간이 좋아. 사람들이 평화롭게 살 수만 있다면, 날 어떻게 생각하건 상관없어."

조용한 목소리로 말하는, 과도할 정도의 인류애.

아르셰라는 조용히 그 말을 듣고, 눈에는 쓸쓸한 기색을 드리운 뒤에──

문득, 창밖을 봤다.

"오늘은── 달이 아름답네요."

"……오늘은 초승달이야. 달이 보일 리가 없잖아."

"안 보이니까 아름다운 거예요. 안 보이기 때문에 상상하게 되고. 이 눈으로 보고 싶다고 생각하면서 상상하는 거죠. 마음속에서 이상을 떠올리는 동안에는…… 현실의 추악함에 환멸하는 일도 없으니까."

수수께끼 같은 말을 하면서, 아르셰라는 의자에 앉아 있는 시온의 손을 잡고 살짝 당겨서 일으켜 세웠다.

"저는 초승달 밤이 좋아요. 한 달에 한 번, 달이 밤하늘에 녹아드는 이 밤만은── 달에게 보이지 않으니까요."

"달에게 보인다……."

달이 보이지 않는 밤── 반대로 생각하면 달도 이쪽의 모습을 볼 수 없는 밤, 이라고 할 수 있을지도 모른다.

달이 내려다보지도 않는, 어둠이 짙은 밤──

"이 세상에는 빛이 너무 많아요. 낮에는 푸른 하늘에 태양이 군림하고, 밤에는 달이 제멋대로 하계를 내려다보죠. 오만한 빛이 별들의 은은한 빛을 잡아먹고, 모든 것을 백일하에 드러내려고 하죠── 하지만, 지금만은…… 달이 숨은 이 밤만은, 빛을 두려워하지 않아도 돼요. 상냥한 어둠이, 모든 것을 감춰줘요."

"아르셰라…… 엇."

손을 세게 잡아당기자, 이끌린 것처럼 침대 위로 쓰러졌다.

가느다란 팔에 이끌려서, 자연스럽게 아르셰라를 덮치는 것 같은 자세가 돼버렸다. 잠옷을 들어 올리고 있는 거대한 봉우리에 얼굴을 완전히 파묻어버리고 말았다.

"~~?!"

"무서워하지 마세요, 시온 님."

당황해서 떨어지려고 했지만, 두 손으로 등을 붙잡아서 막았다.

꼬옥, 하고.

온몸을 세게 끌어안았다.

뒷머리를 손으로 감싸 안았더니, 얼굴이 가슴 사이에 더 깊이 묻혔다― 얼굴만이 아니다. 가슴도 배도 하반신도, 온몸이 부드러운 여체 속으로 가라앉은 것만 같았다.

'으아…… 부, 부드럽다…… 그리고, 이 냄새.'

아르셰라의 몸에서는 달콤한 냄새가 났다. 향수인지 체취인지는 모르겠지만, 뇌를 직접 녹여버리는 것만 같은 감미로운 향기였다.

"시온 님의 고귀한 뜻, 존엄한 이상, 너무나 상냥한 사랑…… 그 모든 것을 경애하고 있습니다― 그러니까, 전부 혼자 짊어지려고 하지 말아주세요."

"……아르셰라."

"시온 님은 이제 혼자가 아닙니다. 저희 넷은 결코 시온 님이 혼자가 되게 하지 않을 겁니다. 그러니까, 그러니까…… 부탁드

립니다. 저희 앞에서까지 무리하지는 말아주세요. 용사로 있으려
고 하지 말아주세요. 저희가 없어질지 모른다고── 두려워하지
마세요."

"나, 나는…… 나는──."

"괜찮습니다."

아르셰라가 말했다.

시온을 부드럽게 안으면서, 귓가에 속삭이는 것처럼.

"오늘밤은 초하루 밤── 어떤 추태를 보이더라도 달에게 들키
는 일은 없습니다. 상냥한 어둠이 죄도 아픔도, 모든 것을 감춰주
니까요."

녹아버릴 것만 같은 달콤한 목소리가, 마음속 깊은 곳까지 스
며든다. 온몸을 감싸는 온기가 얼어붙은 마음을 천천히 녹여주는
것만 같았다.

마침내──

"……흑, 흑, 으아아아아앙."

시온은, 울었다.

소리 내서 울었다.

여자 가슴에 얼굴을 묻고, 갓난아기처럼 울었다.

"으아아아아앙……! 젠장! 제길! 왜, 냐고…… 어째서…… 왜
내가, 이런 기분을 맛봐야 하는 거냐고……!"

비통한 외침이 목 안쪽에서 쥐어짜듯이 튀어나왔다.

"웃기지 말라고, 그 마을 놈들……! 누구 덕분에 그렇게 살고
있는 줄이나 알아! 내 덕분이야! 내가 구해줬다고! 난, 그 마견을

쓰러트린 뒤에도…… 혼자서 며칠이나 그 마을 주위를 돌면서, 마견의 둥지를 찾아내서 전멸시켰단 말이야! 내가 없었으면, 그 마을은 멸망했어! 그놈들이 살아 있는 건, 내가 구해줬기 때문에야…… 그런데, 어째서…… 왜 내가 미움을 받아야 하는 거냐고……!"

보답을 원했던 건 아니다. 선의에서 나온 행동이었다. 선량한 마음이 이끄는 대로, 시온은 행동했다.

못된 마수의 습격을 받을 뻔했던 마을을—— 구해줬다.

목적만은 확실하게 달성했으니까, 시온이 불만을 털어놓을 입장이 아닌지도 모른다.

하지만, 그래도.

그렇게 간단하게 포기할 수는 없었다.

도와줬으니까, 답례를 받고 싶다.

구해줬으니까, 감사의 말이 듣고 싶다.

아무런 보답이 없더라도—— 하다못해 웃어줬으면 좋겠다.

자신을 버리는 정의를 관철할 만큼, 무상의 박애에 목숨을 걸 만큼, 시온은 감정을 없앨 수가 없었다.

아무리 강해도, 아무리 재능을 타고났어도, 시온은 아직 열두 살의 어린아이일 뿐이다.

어린 몸에 슬픈 운명을 짊어진 소년은, 계속 그 무게를 견뎌왔다. 아무리 마음이 삐걱거려도, 우는소리 한 번 안 하고 참아왔다.

하지만, 지금——

"흑…… 흐윽…… 이놈이고 저놈이고, 정말이지……! 싫어, 다 싫어! 그 마을의 은혜도 모르는 놈들도, 날 배신한 왕도 놈들도, 그리고, 나한테 고맙다는 말도 안 하고 뻔뻔하게 살아가는 놈들도 전부, 전부 다 싫다고!"

인간이 좋다고.

자기 자신에게 들으라는 것처럼 계속 말해왔던 소년이, 지금 큰 소리로 그것을 부정했다. 너무나 유치한 혐오를, 인정받고 싶다는 욕구에 물든 분노를, 창피해 하지도 않고 눈물 섞인 목소리로 외쳤다.

"난…… 용사라고! 내가 마왕을 쓰러트렸어! 내가 세상을 구했어! 평화로운 세상에서 살 수 있는 건, 내 덕이란 말이야! 내가 있었으니까, 다들 평화롭게 살 수 있는 거라고! 그런데…… 젠장. 대체 왜? 왜 내가, 이런 꼴을…… 내가, 뭘 어쨌다는 거야……! 더…… 더, 더, 나한테 감사하라고! 날 칭찬해줘! 고맙다고 하면서, 웃어달란 말이야…… 제발 부탁이니까…… 날, 날, 싫어하지 말아줘……."

넘쳐나는 어두운 감정이 이끄는 대로, 시온이 울부짖었다.

목소리는 점점 오열로 바뀌어갔고, 화는 점점 애원으로 바뀌어 갔다.

"흑, 아윽…… 흐윽…… 엉엉…… 이젠, 싫어. 지쳤어…… 힘들어, 괴로워…… 무서워, 무섭단 말이야…… 사실은…… 무서워. 계속, 계속…… 너무 무서워서 미칠 지경이었어…… 나한테 걸린 저주도 무서워— 그리고 날 괴물처럼 쳐다보는 사람들 눈도……

무서워. 무섭다고…… 흑, 으아아앙…….”

고결해지자.

청렴해지자.

당당해지자.

그리고── 강해지자.

왜냐하면 나는, 선택받은 자니까.

왜냐하면 나는, 신동이라고 불릴 만큼 천재니까.

계속 그렇게 살아왔다. 주위의 기대에 응하기 위해, 필사적으로 자신을 몰아붙였다. 사람들의 웃는 얼굴을 위해서라면 어떤 부조리나 비극도 견뎌내자고 생각했다.

강해지려고 했던 소년은── 강해지는 것을 강요받았던 소년은, 지금, 다른 이에게 약한 모습을 보였다.

원한을, 분노를, 증오를, 울분을…… 인간으로서의 약한 모습과 추한 모습을, 감정이 이끄는대로 토해냈다.

어쩌면 그것은── 응석, 이었는지도 모른다.

낳아준 부모도 모르고, 너무 많은 재능을 타고 태어난 탓에 항상 주위에서 강자로 있을 것을 요구받아왔던 소년이── 지금, 처음으로, 누군가에게 응석을 부렸다.

“흐, 흐윽…… 아르셰라, 아르셰라아…… 난, 나는…….”

더 이상 그 말에 의미도 없이, 시온은 그저, 자신을 감싸 안은 여자의 이름을 외칠 뿐이었다.

아르셰라는── 아무 말도 없다.

그저 조용히, 성모처럼 미소를 지은 채, 상냥하게 안아줬다. 우는 소리도 약한 소리도, 약한 모습도 추한 모습도, 시온의 모든 것을 있는 그대로 받아주고, 받아들이려고 해줬다.

'아아——.'

정신을 차려보니, 시온은 두 손으로 아르셰라를 꼭 끌어안고 있었다. 여체의 부드러움을 온몸으로 느꼈다.

'따뜻하다…….'

흥분이나 수치심은, 신기하게도 사라져 있었다.

남은 것은 평온한 안식뿐.

인간의 몸에는 과분한 위업을 짊어지고, 계속 삐걱거리던 마음이, 갑자기 가벼워진 것 같은 기분이 들었다.

'계속, 이렇게 있고 싶다. 계속, 쭉…….'

부드러운 온기 속에서, 시온은 어느새 잠이 들었다.

아무 말도 없이 안아주고 있는 아르셰라는 밤의 어둠처럼 상냥하게, 암흑처럼 따뜻했다.

품 안에서 잠들어버린 시온을, 아르셰라는 상냥한 눈으로 바라보고 있었다.

'아아, 정말이지…… 이 얼마나 귀여운 자는 얼굴인지.'

평소 같으면 자는 얼굴을 보기만 해도 서큐버스 특유의 끓어오르는 것 같은 성적 충동이 온 몸을 지배했겠지만—— 오늘은 신기하게도 그런 기분이 들지 않았다.

손을 뻗어서, 볼에 남은 눈물을 닦아줬다. 조금 전의 오열 섞인 목소리를 떠올리자 가슴이 조여드는 것처럼 아파왔다.

'계속, 계속…… 참아왔으니까. 불행도, 고독도, 증오도 참고, 또 참고, 계속 참아왔어…….'

두 손으로 안고 있는 육체는 잔혹할 정도로 어리고 작다.

이렇게나 작은 몸에, 대체 얼마나 많은 것을 짊어지고 있었을까. 이 가느다란 몸 어디에, 그런 힘이 숨어있는 걸까.

'……하지만, 당신도 강함만으로 만들어진 존재는 아니야.'

그건 당연한 일이다.

당연한 일이지만── 이 소년에게는 지금까지 그런 당연한 것조차도 용납되지 않았다.

"시온 님……."

연민 같기도 하고 모성 같기도 한 복잡한 감정이 가슴 속에서 소용돌이쳤다. 부풀어 오르는 마음을 지배하는 감정의 정체를, 아르셰라 자신도 알 수가 없었다.

그저── 이렇게 있고 싶었다.

계속 같이 있고 싶을 뿐이다.

지옥을 봤던 소년에게 더 이상의 지옥은 보여주지 않겠다고, 진심으로 그렇게 원했다.

"……시온 님. 기억하시나요?"

자는 얼굴을 보며 묻는 아르셰라. 그 입가에는 온화한 미소가 드리워 있었다.

"일 년 쯤 전에…… 저희 넷이, 이 저택을 찾아온 날을."

『사천여왕』.

마왕군 간부로서 이름을 떨친 네 명의 고위 마족.

그녀들은 일 년 전에 시온을 찾아왔다.

마왕의 원수인 용사를——

"시온 님은 알고 계시나요? 저희가 인간계에 와서 시온 님을 찾아다닌 것은—— 당신이 죽여줬으면 싶었기 때문이거든요?"

죽을 생각이었다.

죽여 달라고 할 생각으로, 용사를 찾아다녔다.

마왕의 사후——

마계에는 그녀들이 있을 곳이 없어졌다. 왜냐하면 그녀들은—— 마지막 순간에 마왕을 배신했기 때문이다.

용사 시온에게 패배하고, 마왕으로부터 그에 대한 벌을 받아서 처형당하는 순간—— 하필이면 그 용사가 지켜줬고, 뻔뻔하게 살아남은 데다, 마지막 순간에는 용사와 함께 싸웠기 때문에.

마계에 사는 마왕군의 잔당은 그녀들을 용서하지 않았다.

마계 어디에도 있을 곳이 없다. 그렇다고 인간계에 그런 곳이 있는 것도 아니다. 모습을 바꿔서 인간 행세를 하면 어떻게든 살아갈 수 있겠지만, 고위 마족으로서의 긍지가 그것을 용서하지 않았다. 인간 흉내를 내면서까지 살고 싶지는 않았다.

그래서—— 죽으려고 했다.

죽는다면 용사의 손에 죽고 싶다고 생각했다.

누구보다 강하고, 한없이 고귀하고, 그러면서도 말도 안 되게 상냥한 시온 터레스크의 긍지 높은 칼로, 이 목숨을 거둬주기를 바랐다.

누가 먼저 말을 꺼낸 것도 아니다.

네 명 전원의 생각이었다.

"저희는 당신 손에 죽고 싶었어요. 기왕 죽는다면 당신이 죽여줬으면 했어요. 당신 손에 끝난다면, 더 이상의 행복은 없다고 생각했죠―― 하지만, 당신을 쉽게 찾을 수가 없었어요."

금세 찾을 수 있을 거라고 생각했다.

마왕을 쓰러트린 용사라면 역사에 이름을 남길 영웅이다. 인류 모두가 시온 터레스크를 숭배하고, 인간사회에서 신처럼 군림하고 있을 것이다.

하지만―― 현실은 그렇지 않았다.

마왕을 쓰러트렸다고 알려진 건 다른 사내였고, 시온 터레스크는 어디에도 없었다. 행방을 아는 자도 없었다.

영문을 모른 채, 네 명은 계속 시온을 찾아다녔고――

"찾고, 또 찾아서…… 겨우 찾아낸 당신은―― 저주 때문에 완전히 다른 사람처럼 변해 있었죠."

모든 감정이 죽어버린 것 같은, 검고 탁한 눈동자.

예전에는 용기와 희망이 깃들어 있던 눈은 더 이상 찾아볼 수도 없다. 얼마나 많은 지옥을 봤으면, 얼마나 많은 절망을 맛봤으면, 사람이 이렇게까지 변해버리는 걸까.

아르셰라를 비롯한 네 명은―― 어떻게 해야 좋을지를 몰랐다.

죽여 달라고 찾아다녔던 용사는, 더 이상 용사가 아니었다.

저주 때문에 사람들에게 박해를 받으면서, 그래도 누군가를 다치게 하지는 않으려고, 자신이 인류를 위해서 할 수 있는 유일한

길―― 누구와도 관여하지 않고 고독하게 살아가는 길을 선택한, 용사였던 자.

끝이 보이지 않는 영겁의 고독은 그를 그냥 살아만 있는 시체로 바꿔가고 있었다.

"……지금도 또렷하게 생각이 납니다. 박해와 고독 때문에 너무나 초췌해진 당신의 모습이―― 그리고, 저희를 본 순간, 아주 조금 기뻐한 것 같았던 당신이."

아르세라 일행이 『사천여왕』이라는 걸 알았을 때, 어둡고 탁했던 시온의 눈동자에 약간의 빛이 되살아났다.

아마도―― 다른 이와 만난 것이 기뻤겠지.

고독 속에서 사람에게 굶주리고, 다른 이를 갈망했던 소년은, 오랜만의 대화가 기뻤을 것이다―― 설령 그것이, 몇 번이나 서로 죽이려고 싸웠던 적이라 해도.

――그렇구나. 너희도, 갈 데가 없구나.

두세 마디 말을 나눈 뒤에, 시온은 이렇게 말했다.

――너희들. 여기서, 나랑 같이 살래?

그 목소리는, 살짝 떨리고 있었다.

뭔가를 두려워하는 것 같기도 했고, 애원하는 것 같기도 했다.

――더 이상…… 혼자는 싫어.

아마도, 그 순간이었겠지.

당장이라도 울음을 터트릴 것 같은 얼굴로 그렇게 말한 순간—— 아르셰라 일행의 마음이 크게 울렸다. 비할 데 없는 강함을 자랑했던 용사가 보여준 한 순간의 약한 모습에, 어쩔 도리가 없을 정도로 마음이 흔들렸다.

세상을 구했는데도 세상에게 미움받은 소년을, 그냥 둘 수가 없었다.

너무나 비통한 처지를 보고, 분노와도 같은 슬픔이 마음속을 가득 채워버렸다.

외톨이가 된 소년을, 혼자 둘 수 없다는 생각을 하고 말았다.

"……그날은, 저희가 다시 태어난 날. 있을 곳을 잃은 저희가, 당신 곁이라는 있을 곳을 찾은 날. 당신 손에 죽을 생각이었던 목숨을, 당신을 위해서 쓰기로 결심한 날이랍니다."

새근새근 자고 있는 주인을 보며, 담담하게 말했다.

상냥하고 조용한 목소리지만, 어딘가 진지한 기색이 담겨 있었다.

"안심하세요, 시온 님. 저희는 아무 데도 안 가니까요. 이 목숨이 다할 때까지, 당신과 함께 하겠습니다.

아르셰라는 말했다.

"온 세상의 인간들이 당신에게 제아무리 큰 악의를 보이더라도, 저희가 그보다 큰 사랑으로 당신을 감싸겠습니다. 그 어떤 무자비한 운명이 당신께 닥쳐오더라도, 저희가 그것보다 더한 행복으로 당신을 채워드리겠습니다.

그것은 맹세였고, 동시에 기도이기도 했다.

아르셰라는 또다시, 시온을 꼭 끌어안았다.

사랑하는 자식을 안는 것처럼 상냥하게, 그러면서 사랑하는 연인을 포옹하는 것처럼 격렬하고 정열적으로.

달이 없는 밤은 조용히, 조용히 깊어져 갔다.

다음 날 아침. 죽도록 창피했다.

"안녕히 주무셨습니까, 시온 님."

"~~?!"

눈을 뜬 순간에도, 꼭 안겨 있었다.

바로 눈앞에 있던 아르셰라의 얼굴을, 평소보다 더 똑바로 쳐다볼 수가 없었다. 벌떡 일어나서 아르셰라한테서 떨어졌다.

'으으아…… 으아아아아~~! 내, 내가, 대체 무슨 짓을……!'

자기 전의 기억이, 징그러울 정도로 선명하게 떠오르고 말았다.

맹렬한 수치심에 사로잡혔지만, 어떻게든 간신히 힘을 내서,

"으음. 어, 어제는, 좀 못난 꼴을 보여줬지."

그렇게, 소년은 의젓한 척하며 말했다.

"예? 무슨 말씀이신가요?"

아르셰라는 평소와 변함없는 미소를 지으며 고개를 갸웃거렸다.

"부끄럽게도 어젯밤 일은 아무것도 생각나지 않네요. 침대에 누운 뒤에 바로 정신없이 잠들었으니까요."

"……그, 그런가."

너무나 뻔한 거짓말이었다.

모든 걸 알고 있으면서도 못 본 척하는 아르셰라를 보면서 답답한 것도 같고 한심한 것도 같은, 복잡한 기분에 사로잡혔다.

시온이 고민하는 동안, 아르셰라가 창가로 걸어갔다.

두 손으로 커튼을 열자 눈부신 빛이 방 안으로 들어왔다.

"날씨가 정말 좋네요, 시온 님."

창밖에는 너무나 맑은 푸른 하늘이 펼쳐져 있었다.

푸른 하늘에 자리 잡고 있는 태양은 거만하게 세상을 비추고 있다.

더 이상, 모든 것을 감춰주는 어둠은 없다.

또 빛 속을 걸어가야만 한다.

"그러게……. 좋은 날씨네."

시온이 밖을 보면서 말했다.

신기한 정도로 후련한 기분이었다. 초승달 다음날은 항상 약간 귀찮은 기분으로 아침을 맞이했었는데.

"그럼, 옷을 갈아입고 밑으로 내려가도록 하겠습니다."

아르셰라의 말에 시온은 "음" 하고 고개를 끄덕였다.

"음! 맛있다, 맛있어, 나기. 어제 먹은 스포리아텔라와 똑같은 맛이야."

"칭찬해주셔서 영광입니다. 오늘 아침에 일찍 일어나서 시행착오를 한 보람이 있군요. 더 있으니까 원하시는 만큼 드세요."

"그렇구나. 정말 기쁜데. 응, 정말 맛있어. 어쩌면 어제 먹은 것보다 나기가 만들어준 이게 더 맛있는지도 모르겠는데.”

“그, 그건…… 과분한 칭찬입니다, 나리마님……!”

“우와~ 진짜 맛있네. 나기, 더 줘.”

“큭…… 이브리스! 네놈은 너무 많이 먹는다! 나는 나리마님을 위해서 만들었단 말이다!”

아침 식사를 마친 뒤의 식당——

나기가 만든 스포리아텔라를, 시온은 맛있게 먹고 있었다.

“왠지 힘이 넘치네, 시 님. 어제 집에 왔을 때는 엄청 힘들어 보이는 얼굴이었는데.”

환하게 웃으면서 과자를 베어 무는 시온을 보며, 페이나가 옆자리에 있는 메이드장에게 말을 걸었다.

“아르셰라…… 어젯밤에 무슨 짓 했어?”

“글쎄. 했을 수도 있고 안 했을 수도 있겠지.”

애매하게 말을 흐렸지만, 그 얼굴은 아주 만족스럽고, 의기양양해 보이기까지 했다.“

페이나는 재미없다는 듯이 볼을 빵빵하게 부풀렸다.

“으~~~. 아~ 최악이다. 내가 시 님이 힘내게 해주고 싶었는데! 왜 내가 당번이 아니었냐고오…… 아. 맛있다.”

“어머나. 정말 맛있네요, 이 스포리아텔라라는 과자.”

아르셰라도 페이나도, 미지의 과자에 감동한 것 같다.

평소와 다름없는, 다섯 명의 떠들썩한 식사 풍경——

그런데—— 그 때.

“응?”

문득, 시온이 눈살을 찌푸렸다.

"왜 그래요, 도련님?"

"……침입자다."

그 한 마디에, 긴장된 공기가 감돌려고 했지만,

"아, 그렇게 대단한 건 아니고. 아마 어린애가 실수로 들어온 것 같아."

시온이 그렇게 말했다.

'지난번처럼 결계가 깨진 건 아니야.'

가렐 때와는 다르다. 인식 저해 결계는 정상적으로 작동하고 있다. 숲에 발을 들인 침입자는 입구 부근에서 빙글빙글 맴돌고 있을 뿐이었다.

'어린애가…… 하나, 인가. 어째서 이런 데.'

숲에 쳐놓은 결계 안에서 일어나는 일이라면 어느 정도까지는 파악할 수 있다.

침입자는 작은 아이고, 혼자서 걷고 있다.

이 숲은 어린애가 혼자서 올 곳이 아니다. 근처에 있는 도시나 마을에서는 한 번 들어가면 다시는 나올 수 없는 마의 숲이라면서 기피하는 곳이다.

'뭐, 그 소문도 내가 흘렸지만.'

메이드들의 도움도 받아서 헛소문을 흘렸다.

아무것도 모르는 사람들이 숲에 들어와서 이 저택 가까이 오는 걸 피하고 싶었기 때문이다. 다행인지 불행인지 소문은 순식간에 퍼졌고, 지금은 근처 주민 중에 이 숲에 다가오는 사람은 없다.

"누가 가서 좀 보고 와주겠어?"

"그럼 내가 갔다 올게."

페이나가 손을 들었고, 식당에서 나갔다.

그리고 약 20분 뒤에.

"……헤헤헤. 다녀왔습니다~."

돌아온 페이나는 어째선지 기분이 좋아보였다.

"어땠어?"

"어린 여자애가 혼자서 헤매고 있는 것 같아서, 큰길까지 바래다줬어."

"그렇구나. 그런데 어째서 그런 어린 애가, 이런 곳에…….."

생각에 잠기는 시온에게,

"자, 이거."

그렇게 말하고, 페이나는 뒤에 감췄던 것을 건네줬다.

"그 여자애가 시 님한테 주래."

"나한테……?"

손을 내밀어서 받았다.

그것은―― 목각 인형이었다.

"그 마을의, 애매한 인형인가…….."

"그래. 말로 표현할 수 없는 정취가 있는, 카프란 님의 목상이다."

이브리스와 나기가 말한 것처럼, 그 인형은 어제 카프란 마을의 축제에서 봤던 인형과 비슷했다.

하지만 노점에서 팔던 것과는 완성도가 다르다.

전체적으로 어딘가 뭉개진 것 같은 디자인이고, 만든 사람이 미숙하다는 것을 어렴풋이 알 수 있었다. 아마도 그 소녀가 직접 만들었겠지.

시온은 약간 곤혹스러워하면서 인형을 바라보았다―― 그리고, 그 등에 새겨진 글자를 발견했다.

"――!"

그 순간, 깜짝 놀랐다.

――고맙습니다, 작은 용사님.

나무에, 그렇게 새겨져 있었다. 삐뚤빼뚤해서 간신히 글자라고 인식할 수 있는 어설픈 글자. 익숙하지 않은 손놀림으로 한 글자, 한 글자 열심히 새겼다는 게 전해진다.

"그 여자애, 카프란 마을에서 왔다고 했어. 2년 전에, 마견이 나왔을 때 검은 머리 남자아이가 구해줬다고."

페이나가 말했다.

"시 님을, 계속 찾아다녔던 것 같던데? 어제 그 난리 때문에 마을에 왔다는 걸 알았고, 시 님네가 탔던 마차의 마부한테 물어보고 해서 여기까지 왔다나 봐. 당연히 마을 사람한테는 비밀로 하고."

"……후, 하하."

입술에서 흘러나오는 목소리가 떨렸다.

"『작은』은, 또 뭐야…… 자기도, 어리면서."

아무리 참으려고 해도, 소용없었다. 투덜거리려고 해도 치밀어오르는 감정을 막을 수가 없었다.

자꾸만, 웃음이 흘러나왔다.

'아— 다행이다.'

인형을 가슴에 품으며, 시온은 진심으로 안도했다.

'살아 있었구나, 그 아이.'

계속 불안했다.

자신이 죄 없는 소녀를 죽인 건 아닐까— 그런 불안과 공포를, 2년 동안 계속 품고 있었다.

어제 카프란 마을에 갔던 것도, 소녀의 안부를 확인하고 싶었기 때문이다. 결국 어제는 못 봤지만.

하지만— 살아 있었다.

살아 있어 줬다.

그걸로 충분한데— 그것만으로도 충분히 보답을 받았는데.

'고맙단, 말이지……'

나무에 새겨진 어설픈 『고맙습니다』라는 글자가, 과거에 왕족에게서 받았던 어떤 찬사와 훈장보다 마음속 깊이 스미어 들었다.

마을 사람 모두가 시온을 오해하고 미워하는 속에서, 그 소녀만은 이해해줬다. 그저 소녀를 구하고 싶다고 바랐던 마음을 받아들여 줬다.

그리고.

혼자서 여기까지 와서, 고맙다는 마음을 전하려고 했다.

'이런 나를…… 용사라고 불러준 건가.'

당연히 그 소녀는 시온이 진짜 용사라는 걸 모를 것이다. 그래도 그 아이는── 용사라고 불러줬다. 모든 이가 미워하고, 용사라는 칭호를 박탈당한 자신을, 그래도, 용사라고──

"어라? 시 님, 우는 거야?"

"어…… 아."

페이나의 말을 듣고 눈가를 만져봤다. 젖어 있었다. 울고 있었던 것 같다. 하지만 멈출 수가 없다. 가슴속 깊은 곳에서 솟아오르는 마음이, 눈물이 돼서 끝도 없이 넘쳐났다.

아르셰라와 나기는 황급히 손수건과 수건을 꺼냈고, 이브리스는 "이 바보들아. 이런 건 못 본 척 하는 거야"라면서 어깨를 으쓱거렸다.

시온은 재빨리 얼굴을 가렸다.

"아, 아냐! 아니라고! 난, 우는 게 아냐……!"

손으로 눈물을 닦으면서, 얼굴이 새빨개져서 소리쳤다.

"이건…… 그래, 새로운 물 마법이야!"

그랬더니 메이드들이 하나같이 웃음을 참는 얼굴이 됐다.

"……그러셨군요. 실례했습니다. 시온 님."

"그렇구나아, 역시 시 님은 열심히 연구하네."

"하하하. 그거 대단하네~ 이런 마술은 처음 본다."

"그런, 그 마술의 뒤처리에는 이 수건을 써주십시오."

메이드들은 하나같이 분위기를 파악한 것 같은 따뜻한 눈길로 바라봤고, 시온은 얼굴이 새빨개져서 신음하는 수밖에 없었다.

그것은 지금으로부터 약 5년 전의 일이다.

　왕도 외곽에서도 또 외곽, 터레스크 지구에 있는 작은 고아원에 한 귀족이 찾아왔다.

　그의 이름은 레비우스 벨터 서게인.

　명문 서게인 가문의 장남이고, 기사단에 소속돼서 국가를 위해 일하는 유능한 검사이기도 했다. 나이는 젊지만, 검 실력은 엄청났고── 로가나 왕국 최강의 칭호인 『용사』에 가장 가까운 남자라고 칭송받았다.

　자선가로서도 널리 알려진 레비우스는, 정기적으로 각지의 고아원에 찾아갔다. 그 날도 평소처럼 자비로 준비한 장난감과 책 등을 고아원에 기부했고, 그리고 아이들을 보고 다녔다.

　많은 아이들이 새 장난감에 몰려들어서 난리를 피우는 속에서── 딱 한 사람, 그사이에 끼지 않고 마당 구석에서 책을 읽고 있는 남자아이가 있었다.

　"안녕."

　레비우스는 그 소년에게 다가가서 말을 걸었다.

　그 자리에 앉아서, 상대와 눈높이를 맞추면서 말했다.

　"난 레비우스. 네 이름은?"

　"……시온."

　소년은 어딘가 겁먹은 것처럼 대답했다.

　"시온이라……. 시온은 다른 친구들이랑 같이 안 노니?"

"……난, 책이 좋아서."

"헤에. 그거 정말 부럽네. 난 이상하게 책을 읽거나 공부하는 게 잘 안되거든. 검 말고는 하나도 몰라."

장난스레 웃어 보였더니 소년—— 시온도 슬쩍 웃었다.

그리고는,

"레…… 레비우스 씨."

그렇게, 떨리는 목소리로 말했다.

"레비우스 씨는…… 세죠?"

"음~ 뭐, 그럭저럭."

"저도—— 세지고 싶어요."

소년은 말했다.

"세져서, 사람들한테 도움이 되고 싶어요. 그러면 다들 행복해질 것 같고…… 그러면, 저도 행복하니까요."

더러움을 모르는 눈동자로 말하는 순진무구한 바람을, 레비우스는 온화하게 웃으면서 받아들였다.

"그럼, 아주 조금 네가 강해지는 걸 도와줘 볼까."

레비우스는 시온을 고아원 뒤쪽으로 데려갔다.

떨어져 있던 나무 막대를 써서 검술을 가르치기 시작했다.

검을 잡는 방법부터 발놀림, 몸놀림 등등, 아주 기초적인 것들을 하나하나 꼼꼼히 가르쳐줬다.

"그래, 잘하는데 시온. 두 손으로 잡고, 발을 확실하게 디디고, 힘껏 내리친다. 그래, 좋았어."

몇 번인가 휘두르기를 시킨 뒤에, 레비우스는 환하게 웃으면서 시온의 머리를 쓰다듬었다.

"대단한데 시온. 꽤 괜찮아. 너, 검에 재능이 있다."

"저, 정말인가요?"

"그래. 천재인지도 모르겠는데."

과도할 정도로 칭찬하는 레비우스를 보며, 시온이 밝은 표정을 지었다.

"그럼 나── 언젠가 용사가 될 수 있을까요?"

용사.

그것은 왕국 최강의 칭호.

이 나라의 많은 아이들이 "이다음에 크면 용사가 될래!"라고 큰 소리로 외치며 꿈을 꾼다. 시온도 그런 소년 중에 하나였다.

"그러게. 너라면 될 수 있을 거야."

소년의 천진난만한 꿈을, 레비우스는 웃는 얼굴로 응원했다.

"아…… 잠깐만. 그리고 보니까 나도 되고 싶은데 말이야, 용사. 지금 열심히 노력하는 중이거든."

"어…… 그, 그럼."

"그러니까── 승부다, 시온."

레비우스가 말했다.

"누가 용사가 될지, 너랑 내가 승부하는 거야. 그래, 우리는 지금부터 라이벌이다."

"라, 라이벌……."

"싫어?"

"아, 아뇨, 그럴 리가요. 저, 같은 게, 레비우스 씨 라이벌이라니……."

"뭐야 시온. 지금부터 라이벌이라고 했잖아? 그러니까 그렇게 부르지 말고, 그냥 레비우스라고 불러."

"어…… 그, 그치만."

시온은 주저했지만, 레비우스가 빤히 쳐다봤더니,

"레, 레비우스……."

작은 소리로 중얼거렸다.

"그래, 그러면 돼. 기대되는데. 네가 얼마나 강해질지."

레비우스는 만족스럽게 미소 지었고, 또 머리를 쓰다듬으려고 했다.

그리고 하늘을 바라봤다.

구름 한 점 없는, 투명할 정도로 푸른 하늘을.

"넌 강해질 거야. 왠지 그런 기분이 들어."

어떤 의미에서 보면── 이것이 첫 걸음이었을 것이다.

시온 터레스크라는 신동은 이 순간에 눈을 떴다.

그리고 겨우 몇 년 뒤에──

시온은 국왕폐하로부터 용사 칭호를 하사받았다.

가장 용사에 가깝다고 하던 귀족 검사── 레비우스를 제치고, 시온이 용사가 됐다.

그 이유는 아주 간단했다.

실력.

단지 그것뿐이었다.

'⋯⋯그리운 꿈을 다 꿨네.'

이른 아침의 침실——

눈을 뜬 시온은 침대 위에서 몸을 일으키고, 멍하니 꿈의 내용을 되새기고 있었다.

'오늘은, 레비우스가 성검을 회수하러 오는 날, 이었지.'

며칠 전에 왕도에 보낸 서간에 대한 답장이 왔다.

도난당한 물건을 회수하러, 레비우스 벨터 서게인이 그리로 간다고.

그래서—— 려나.

그런 옛날 꿈을 다 꾸고.

"⋯⋯응?"

그제야, 시온은 자신이 혼자서 자고 있었다는 걸 알았다.

어제 같이 자기 당번은 페이나였는데, 침대 위에 페이나의 모습이 보이지 않았다.

페이나와 같이 잔 날 아침은 대부분 그녀의 온갖 장난 때문에 눈을 뜨는 경우가 많았는데——

방안을 둘러보는데,

"⋯⋯페이나?"

침실 문으로 조용히 빠져나가는 페이나가 눈에 들어왔다.

말을 걸었더니 깜짝 놀라서 몸을 웅크렸다.

"······시 님, 나 때문에 깼어?"

"뭐 하는 거야?"

"아~ 그게······ 뭐라고 할까~ 눈이 일찍 떠져서, 잠깐 산책이라도 갈까 하고······."

"···········."

"아, 아무튼, 나 바쁘거든! 그럼, 그렇게 알고!"

이상하다고 쳐다보는 시온에게 등을 돌리고, 페이나는 도망치는 것처럼 가버렸다.

"······뭐야 대체?"

영문을 알 수 없어서 고개를 갸웃거리는 시온.

"다들······ 뭔가 이상한데."

페이나가 이상한 건 어제오늘 일이 아닌데── 하지만 이상한 건 페이나 뿐만이 아니었다.

최근 며칠 동안 메이드들이 전부 어딘가 이상했다.

네 명이 모두, 뭔가 이상했다.

차갑다고 할까 쌀쌀맞다고 할까.

어쨌거나 전부 묘하게 바빠 보였다.

뭔가 새로운 일을 부탁한 것도 아닌데, 평소에 하는 일들을 왠지 바쁘게 처리하는 것처럼 보였다.

시온이 말이라도 걸려고 하면 하나같이 "아~ 바쁘다 바빠"라면서 어딘가로 가버린다. 아침에 일어났더니 곁에 없었던 적도

종종 있었고.

'……왠지, 날 피하는 것 같은데.'

방에서 식당까지 걸어가면서 고민했다.

'왜 다들 평소처럼 대하지 않는 걸까…….'

평소에는 메이드들이 과도할 정도로 달라붙고 놀려대는 게 고민거리였는데, 막상 방치당하니까 쓸쓸하고 불안한 기분이——

'——아냐, 잠깐만! 이건 아니야! 이건 마치, 내가 그 녀석들이 달라붙는 걸 좋아하는 것 같잖아!'

혼자서 고개를 세차게 젓는 시온.

'흥. 됐어. 오히려 잘 됐지. 이제야 겨우, 더 조용하게 살 수 있겠네.'

그렇게 결론을 내리고 걸어갔지만, 세 걸음도 못 가서 다시 불안이 밀려왔다.

'……내가, 뭔가 사고라도 쳤나? 나도 모르는 사이에 뭔가 미움을 살 짓이라도 한 걸까……?'

쓸쓸함과 불안에 시달리면서 걸어갔고, 겨우 식당에 도착했다. 문을 열려고 하는데,

"아~! 시 님, 잠깐, 스톱!"

페이나가 황급히 뛰어와서, 시온과 문 사이에 끼어들었다.

"안 돼, 시 님! 지금은 안 돼! 오늘은 안 돼!"

"페이나…… 왜 그러는데?"

"아, 아무것도 아냐! 아무튼 지금은 식당에 들어가면 안 돼!"

"……그럼 아침 식사는 어떻게 하고?"

"그, 그러니까…… 바깥! 오늘은 기분전환도 할 겸 밖에서 먹자!"

"…………대체 무슨 소리야. 비켜."

"안 돼! 안 된다니까, 안 된다고~!"

페이나는 문 앞을 막아서더니, 필사적으로 시온의 침입을 저지했다.

그때.

"흐아~암. 졸려……."

"이봐, 이브리스. 정신 차려라."

"어쩔 수 없잖아. 요즘 계속 잠이 부족했으니까."

"어쩔 수 없다. 나리마님이 주무시는 사이에 조금이라도 준비를 해야 하니까. 투덜대지 마라."

"나도 알아. 왜냐하면 오늘은 아주 경삿날인, 생일—?!"

이브리스와 나기가 이쪽으로 걸어오고 있는데, 시온을 보자마자 두 사람의 몸이 굳어버렸다.

눈이 휘둥그레져서 깜짝 놀라고 있다. 두 사람 모두 손에 꽃장식 같은 걸 들고 있는데, 그걸 황급히 뒤로 감췄다.

"안녕 이브리스, 나기. 내 말 좀 들어봐. 페이나가 이상한──."

"으아~ 바쁘다! 바빠!"

"그, 그러게 말이다! 아아, 이 얼마나 바쁜가!"

시온의 말을 듣지도 않고, 도망치는 것처럼 어딘가로 뛰어가버렸다.

"……뭐야, 저 둘?"

"그, 글쎄? 뭐려나?"

"뭔가 꽃다발 같은 걸 들고 있었던 것 같은데?"

"뭐, 뭐라고~? 그랬나~? 난 하나도 못 봤는데~"

"그리고 생일이 어쩌네 했었는데."

"뭐, 뭐, 뭐? 그랬나? 아하하~ 대체 누구 생일이지?"

아무리 봐도 뭔가 이상한 페이나. 초조해하는 말투로,

"그, 그러고 보니까, 시 님 생일이 언제였더라?"

그렇게 물었다.

"응? 내 생일? 그런 거 없는데."

시온은 태연하게 말했다.

"난 고아니까. 태어난 날 같은 건 몰라."

왕도의 외곽에서도 또 외곽—— 터레스크 지구에 있는 작은 고아원.

시온은 갓난아기 때 그 고아원 앞에 버려져 있었다고 했다.

부모님은 기억에 없다.

그러니까 당연히 자기 생일도 모른다.

나이는 대충, 그 해가 시작되는 날에 하나씩 더했다. 그렇게 계산한 결과 지금은 열두 살이 됐는데, 이게 진짜 나이인지는 시온 자신도 모른다.

"그, 그래, 그렇구나~."

그렇게 대답하고, 작은 소리고 "⋯⋯좋았어, 맞았다"라고 중얼거렸다. 시온은 더더욱 영문을 알 수가 없었다.

"——안녕히 주무셨습니까. 시온 님."

그때.

이번에는 아르셰라가 다가왔다.

"오늘 아침 식사는 밖에서 들도록 하시죠. 이미 준비를 해뒀습니다."

"아르셰라까지…… 그런 소릴 하는 거야?"

"부끄럽게도 제가 아침 식사를 준비하다가 솥을 쏟아버려서, 식당이 한심한 꼴이 돼버렸습니다. 그치, 페이나?"

"어…… 응, 맞아! 정말, 아주 난리가 났다니까!"

"흠. 그래. 그런 사정이라면 어쩔 수 없지."

아직도 왠지 석연치 않은 기분이었지만, 일단 납득하기로 하는 시온.

그랬더니 아르셰라가, 마치 억지로 다른 이야기를 하려는 것처럼,

"그러고 보니 오늘이었죠. 『성검』을 회수하기 위해, 서게인 님이 오시기로 한 날이."

그런 말을 꺼냈다.

"아, 그래. 설마 레비우스가 올 줄은 몰랐는데."

그냥 말단 중에 누가 회수하러 올 거라고 생각했는데, 나라에서 사랑하는 용사가 직접 온다고 해서 시온도 약간 놀랐다.

"레비우스는 내 대신 용사가 된 뒤에, 왕국 기사단 부대장도 맡게 돼서 많이 바쁘다고 들었다. 이런 잡일 같은 심부름을 굳이 할 리가 없다고 생각했는데……."

"역시 왕실은 『성검』의 수송에 세심한 주의를 기울이려는 걸까요?"

"……모르겠어."

조금 생각해봤지만, 귀찮아서 그만뒀다. 솔직히 이 나라 왕실에는 더 이상 관여하고 싶지 않다는 심정이니까.

"그런데 시 님, 여러모로 복잡하지 않아?"

페이나가 말했다.

"그 금발 미남이 말이야, 시 님의 공을 전부 가로채고, 지금은 용사까지 됐잖아? 그러니까, 그게……."

"미워하지 않냐는, 그런 얘기야?"

애매하게 얼버무린 결론을 미리 말해버렸다. 페이나는 어딘가 불안해하는 눈으로 고개를 끄덕였다.

"……뭐, 그런 생각이 없는 건 아니지만, 레비우스가 용사가 된 건 위에서 명령했기 때문이야. 레비우스 자신이 원해서 내 공을 가로챈 건 아니고."

담담하게, 시온이 말했다.

"계속 가짜 용사 행세를 하는 것도 결코 쉬운 일은 아닐 거야. 국정과 민심의 사이에 끼어서, 양쪽의 알력을 받는 힘든 입장이 되지. ……레비우스는 잘 하고 있다고 봐. 국민들이 원하는 이상적인 영웅을, 훌륭하게 연기하고 있어. 내가 용사라면 이렇게까지 사람들의 지지를 받지 못했을 거야."

농담하듯이 말했지만, 두 사람은 복잡한 표정을 지을 뿐이었다.

마침내 아르셰라가,

"시온 님은 레비우스 님을 꽤나 좋아하시는 것 같군요."

그런 말을 했다.

"뭐…… 왜 그런 생각을 하지?"

"레비우스 님 이야기를 할 때의 시온 님은, 왠지 조금 즐거워 보이니까요."

"그런가…… 응, 뭐, 그렇지. 좋아하냐고 묻는다면, 그렇게 대답해야겠지."

시온이 말했다.

"파티를 맺고서 몇 번이나 죽을 고비를 넘긴 동료고, 그리고 레비우스는 내 검술 스승이었으니까."

"스승? 그 녀석이? 시 님이 아니라?"

믿을 수 없다는 표정의 페이나.

"레비우스가 가르쳐준 검술이, 내 시작이었어."

지금이야 검술도 마술도 만능으로 다루는 시온이지만, 처음으로 배운 것은 검이었다. 아무것도 없고, 아무도 아니었던 고아에게 검이라는 힘을 준 것이 레비우스 벨터 서게인이다.

"그 녀석은…… 정말 대단한 녀석이야. 귀족이라는 신분을 자랑하지도 않고, 나 같은 고아한테도 상냥하게 대해줬지. 파티를 맺은 뒤에도 계속 신세만 졌어. 레비우스가 없다면 우리 파티는 성립되지 않았겠지."

"그렇군요. 우후후, 왠지 샘이 나네요."

정숙하게 웃는 아르셰라. 하지만 가늘게 뜬 눈 속에 시커먼 질투의 불길이 보인 것 같아서, 시온은 등줄기가 오싹해졌다.

"뭐…… 어쨌거나, 오랜만에 이 저택에 손님이 오는 거니까. 정중하게 대접하자고."

지정한 시간에 딱 맞춰서, 레비우스가 저택에 찾아왔다.

종자들을 스무 명 정도 데리고 왔지만 그들은 저택 밖에서 대기하기로 했고, 레비우스만이 주인이 기다리는 응접실로 안내받았다.

"뭐…… 그나저나 말이야. 너라면 뭘 하고 있어도 놀라지 않을 거라고 생각했는데——."

탁자를 사이에 두고 마주앉은 레비우스는, 어딘가 질렸다는 투로 말했다. 시선은 시온의 뒤에 서 있는 메이드 네 명에게 향해 있었다.

"설마——『사천여왕』을 메이드로 삼았을 줄이야."

씁쓸하게 웃으면서 말하자, 시온은 뭐라고 대답할지 고민하다가,

"이런저런 일이 있었거든."

애매하게 대답했다.

"예전에 신세 많이 졌습니다, 아름다운 마의 여왕님들."

빈정거리는 투로 말하는 레비우스.

아르셰라와 나기는 가볍게 고개를 숙였고, 페이나는 웃으면서 손을 흔들고, 이브리스는 하품을 하고 있었다.

"설마, 하는 것 치고는 그다지 놀라지 않은 것 같은데."

"밀정의 보고를 통해서, 네가 여자 네 명과 동거하기 시작했다는 얘기는 들었거든. 외모의 특징과 숫자를 듣고서 혹시나 했었

지."

밀정의 존재는 시온도 알고 있었다.

알면서도 방치하는 상태다. 진짜 용사의 복수를 두려워하는 왕실을 안심하게 하려면, 적당히 이쪽의 정보를 흘려주고 감시하게 두는 쪽이 좋다고 판단했기 때문이다.

인간으로 변해 있는 아르셰라를 비롯한 메이드들의 정체까지는 알아차리지 못한 것 같지만— 용사 파티의 일원으로 제일선에서 마왕군과 싸웠던 레비우스는 눈치를 챈 것 같다.

"레비우스…… 우리 메이드들에 대해서는——."

"그래. 위에 보고할 생각은 없어. 보고해봤자 괜히 혼란만 초래할 테니까. 『사천여왕』이라는 위협을 네 감시하에 둔다면, 어떤 의미에서는 가장 안전하다고 할 수 있겠지."

황당할 정도로 간단히 넘어갔다. 시온은 안심해서 가슴을 쓸어내렸지만, 그 뒤에 레비우스가 짓궂은 미소를 지었다.

"그나저나, 한참 못 본 사이에 시온도 어른이 됐군. 그래, 벌써 여자들을 거느릴 나이가 됐나."

"뭐……?!"

"미녀들한테 둘러싸여서 살다니, 정말 부러워. 그런데, 네가 제일 좋아하는 사람은 누구야?"

놀리는 것 같은 질문에, 뒤에 있는 메이드들이 엄청난 기세로 물고 늘어졌다.

"저죠, 시온 님?! 메이드장을 맡고 있는 이 아르셰라가, 제일 시온 님의 마음에 들었겠죠?"

"당연히 나잖아, 시 님?!"

"오~ 그러게. 이쯤에서 확실하게 해둘까. 어떻습까, 도련님?"

"저, 저는 딱히, 나리마님이 누구를 사랑하건 상관없이, 그저 신하로서 충성을 다할 뿐이고…… 무, 물론 사랑해주신다면 그보다 좋은 일은 없습니다만……."

"지, 진정하라고! 다들! 레비우스, 너도!"

"아하하. 미안해."

엄청난 혼란이 벌어진 시온과 메이드들을 보고, 레비우스가 즐겁게 웃었다.

"후후. 생각했던 것보다 재미있게 지내는 것 같아서 다행이야, 시온."

그 웃는 얼굴은 2년 전과 비교해서 하나도 다를 게 없었고——처음 만났던 때와 비교해도 변함이 없었다.

형이 나이 차이가 많이 나는 동생을 보는 것 같은 상냥한 미소였다.

그 뒤로 두 사람은 홍차를 마시면서 서로의 근황에 대해 이야기를 나눴다.

"레비우스는 용사로서 꽤 크게 활약하고 있는 것 같던데."

"무슨 소리야. 정말로 칭찬하는 말이라도 놀리는 소리로만 들린다고. 너야말로 은둔하는 것 치고는 꽤나 활동적이잖아. 이름을 바꿔서 초보자용 마술 교본도 내고 있고."

"그것 말고는 할 수 있는 일이 없으니까."

"궁정 마술사들이 매번 필사적으로 검열하고 있다니까. 『어딘가에 국가 전복을 시사하는 과격한 사상이 숨겨져 있는 건 아닐까』라면서."

"……헛수고하고 있네. 국민의 세금으로 먹고 사는 궁정 마술사라면, 좀 더 국가에 도움이 되는 일을 했으면 좋겠는데."

예전 동료들 이야기도 나왔다.

"그러고 보니…… 그 세 명은 뭐 하고 있어? 레비우스는 그 녀석들이 어디 있는지 파악하고 있어?"

"몰라. 셋 다 행방불명이야. 네가 왕도에서 없어졌을 때쯤에, 그 녀석들도 전부 어딘가로 가버렸으니까."

"그렇구나. 그 사람들답네."

"……가능한, 다시는 만나고 싶지 않아."

"……나도."

2년의 공백을 메우려는 것 같은, 그러면서도 당장 내일이라도 다시 만날 것 같은, 특별할 것도 없는 일상적인 대화가 이어졌다.

마침내 찻잔이 비었을 무렵에,

"이야기가 너무 길어졌네. 슬슬 본론으로 들어가 볼까."

레비우스가 그렇게 말을 꺼냈다.

"그래야지…… 아르셰라, 페이나."

시온이 뒤에 있는 메이드들에게 지시를 내리자, 두 사람이 방 한쪽에 준비해뒀던 나무 상자 두 개를 가지고 왔다. 탁자 위에 올려놓자 뚜껑이 열렸다.

안에는 맡아뒀던 물건들이 보관돼 있었다.

하나는 보석과 장식품. 그리고 또 하나는——

"……『성검 멜토르』. 분명히, 진품이네."

긴 상자에서 성검을 꺼내들고 그 칼날을 보는 레비우스.

"내가 가짜로 바꿔놓기라도 했을 줄 알았어?"

"그러지 말라고. 그냥 확인하는 거잖아."

웃으면서 말하고, 레비우스는 자리에서 일어나 성검을 가볍게 휘둘러봤다.

"최근에 나도 성검을 다루는 훈련을 하고 있거든. 꽤 다룰 수 있게 됐다고는 생각하는데…… 아직 왕도 밖으로 가지고 나가는 허가가 내려오질 않아서. 이것만 있으면 지난 번 마수 토벌도 꽤 간단히 끝났을 텐데."

"당연히 그렇겠지. 세 개의 성검은 이 나라의 비보고, 군사적 비장의 카드니까."

성검은 인간이라면 누구든 다룰 수 있는 최강의 병기.

그래서 왕실은 성검을 다른 나라에 빼앗기는 것을 무엇보다 두려워하고 있다. 다른 나라로 넘어가면 그 순간에 국가 간 힘의 균형이 붕괴될 테니까.

"그런데— 너는 허락을 받았었지."

레비우스가 말했다.

"아무래도 난, 너만큼 신뢰받지 못하는 것 같아."

"내 경우에는…… 상황이 다르니까. 2년 전에는 마왕이 있었고, 전시 중이었기에 특례적인 조치였을 거야."

마왕이라는 대륙 규모의 위협이 있었기 때문에, 시온은 나라로부터 성검의 소지와 사용을 인정받았다. 그렇게라도 하지 않으

면, 아무리 실력이 있다고 해도 왕실이 시온 같은 평민에게 성검을 맡기는 일은 없었을 것이다.

"과연 그럴까. 그래도 너는―― 특별하다고 생각해. 나 같은 것과는 격이 달라. 정말 특별하고, 진짜 천재였어."

"……레비우스?"

뭔가에 홀린 것 같은 눈으로 성검을 보고 있는 레비우스를 보며, 시온은 묘하게 불안한 기분을 느꼈다.

"그래, 시온. 좋은 기회니까 조금 가르쳐주겠어?"

"가르쳐달라고?"

"성검을 사용한 선배로서, 이것저것 가르쳐줘. 너와 이렇게 이야기하는 것도 이번이 마지막일지도 모르니까."

"아, 그래. 상관은 없지만…… 하지만 난 더 이상 성검을 못 쓰는데?"

"못 쓴다고?"

"아무래도 이 녀석은 날 인간이라고 인정하지 않는 것 같아."

성검을 보면서 중얼거리는 시온.

레비우스는 눈을 살짝 가늘게 떴다.

"그런가. 그럼, 하다못해 실력이라도 봐줘. 내가 이 2년 동안 얼마나 『멜토르』를 다룰 수 있게 됐는지."

"좋아. 한 번 보여줘."

"그래. 아, 그 전에."

그렇게.

말하고.

레비우스는── 한쪽 손으로 손가락을 튕겼다.

딱, 하고.

그 순간, 저택 밖에서 작은 소리가 울렸다.

뭔가가 털썩털썩 쓰러지는 것 같은──

"……뭐, 뭐야?"

"걱정하지 마, 시온. 그냥, 저택 밖에 있는 내 부하들을── 잠깐 재웠을 뿐이야. 그 녀석들 군복에 미리 손을 좀 써뒀거든."

"손을……?"

"저 녀석들이 깨어 있으면 여러모로 귀찮으니까."

시온은 곤혹스러웠지만, 레비우스의 태도는 변함이 없다.

자연스럽지 않을 정도로, 변함이 없다.

조금 전까지와 마찬가지로 사람 좋게 웃으며, 자신의 페이스로 말했다.

"자. 그럼 한 번 봐줘, 시온. 내가 2년 동안── 네 대신 용사 노릇을 한 2년 동안, 얼마나 강해졌는지.

그리고── 레비우스는 『멜토르』를 들어 올렸다.

그러모은 마력을, 단번에 성검으로 쏟아 부었다. 백은색 칼날에 신성한 빛이 깃든다. 마치 사람의 맛을 기뻐하는 것처럼.

사람이라면 누구라도, 어떤 욕망이라도 기꺼이 받아들이는 검은, 소유한 이의 의지에 호응해서 그 숨겨진 힘을 해방한다.

"──존엄한 그림자로 부르라, 『멜토르』!"

늠름한 외침과 함께, 레비우스가 검을 바닥에 꽂았다.

순간── 공간이 일그러졌다.

빛조차도 틀어버릴 것 같은, 장대하고 선렬한 마력 파동이 터져 나왔다.

"이, 이건—?! 아, 아르셰라?!"

뒤를 돌아봤을 때는 이미 늦었다.

시온의 뒤쪽에 대기하고 있던 네 명의 메이드── 그녀들은 모두 공간의 틈새에 갇히고 있었다. 공간에 발생한 일그러진 암흑이, 네 명의 몸을 잡아먹을 것처럼 뒤덮었다.

"페이나! 이브리스! 나기!"

그녀들은 발버둥 치고, 소리치고, 필사적으로 탈출하려고 했지만 모든 것이 늦었다. 시온이 손을 뻗었지만, 그것조차도 늦었다.

칠흑의 틈은, 순식간에 네 명을 잡아먹었다.

홀연히.

마치 처음부터 아무것도 없었다는 것처럼, 네 명의 메이드가 사라져버렸다.

"──『나락옥』. 노린 대상을, 『이곳』과 아주 조금 위상이 다른 공간에 유폐하는 기술. 발동하는데 수고가 필요하지만, 일단 발동하면 어떤 고위 마족이라도 탈출하기 힘들다…… 아, 이런 설명은 필요 없겠지. 네가 고안한 기술이니까."

성검을 바닥에서 뽑으며, 평소처럼 부드러운 미소를 짓고 담담하게 말하는 레비우스. 하지만 눈동자만이 평소와 달랐다.

"어때, 시온. 나, 이런 것도 할 수 있게 됐거든? 네가 은거한 2년 동안, 죽을 각오로 강해졌어. 슬슬, 너도 따라잡지 않았을까?"

오만하고 위압적인, 다른 이를 얕보는 것 같은 눈빛── 그 눈빛을 본 순간, 시온의 얼굴에 씁쓸한 기색이 번졌다.

"……**역시 그랬구나**, 레비우스."

"뭐?"

레비우스는 흥미롭다는 듯이 한쪽 눈썹을 들어 올렸다.

"역시, 라는 건…… 눈치채고 있었다는 건가? 내가 무슨 생각을 하고 있었는지, 어렴풋이 눈치채고 있었다는 뜻이야?"

"……처음부터, 이상하다 싶었다."

주먹을 꽉 쥐면서, 시온이 말했다.

"왕도 보물고에 침입한 도적단 『붉은 거미』…… 그 두령인 가렐은 솔직히 말해서 대단한 실력도 아니었어. 그 정도 기량으로는 보물고 중에서도 특히 엄중하게 보관돼 있는 성검을 강탈하는 건, 불가능하겠지── 내부에서 누가 도와주지 않는 한."

내통자가 있다면 침입과 절도의 난이도가 크게 쉬워진다.

하지만── 실제로 도와줄 수 있는 자는 소수일 것이다. 보물고에 들어갈 수 있는 것은 왕궁 안에서도 극히 일부의 사람 뿐.

특권계급인 권력자들이나 보물고 경호를 맡고 있는 기사단원── 그리고 평소에 『멜토르』를 사용한 단련을 허락받고, 아마도 몇 번이나 보물고에 들어갔을 사람──

"그리고 가렐은 내 저택의 위치도, 그리고 이 저택에 막대한 돈이 있다는 것도 알고 있었어. 그러면서도 내 정체나 저주에 대해서는 하나도 몰랐지…… 이상해. 너무 자연스럽지 못해. 마치 누군가가 의도적으로 한정된 정보만 준 것 같았어."

어조가 점점 강해지고, 그에 반비례하는 것처럼 표정에는 비통한 기색이 물들어갔다.

"레비우스…… 네가 일부러 내 저택까지 성검을 가지러 온다는 소식을 들었을 때, 의혹은 더더욱 커졌어. 만약 가렐의 성검 강탈이—— 나한테 성검을 보내기 위한 수단이었다면, 전부 설명이 되거든."

도적을 이용해서 보물고에서 성검을 훔치게 한다.

한정된 정보만 줘서 시온이 있는 곳으로 보낸다.

시온이 도적을 쓰러트리게 하고, 성검을 일시적으로 맡긴다.

그리고 마지막엔 자신이 직접 회수하러 간다.

일련의 사건들은 모두—— 이 순간을 위한 일이었다.

왕도에서 반출하는 것을 금지한 성검을 가진 상태로, 왕도에서 영구 추방당한 시온 터레스크 앞에 서는, 이 순간을 위해서.

"넌 나를—— 죽이려고 왔지?"

"정답이야."

꿍꿍이를 전부 간파당했지만 레비우스는 꿈쩍도 하지 않았다. 게다가 모든 것이 자기 생각대로 됐다는 것 같은 조소를 입가에 새겼다.

"넌 똑똑하니까. 이런 엉터리 계획 정도는 간파할 거라고 생각했지—— 하지만, 넌 결국 나를 끝까지 의심하지 못했어."

"…………."

"마지막의 마지막에, 날 믿으려고 해버렸지. 『역시』는 내가 할 말이야, 시온 터레스크. 역시 너는 동료를 의심할 수 없었나."

"…………."

반박할 말이 없다.

그렇다.

그 말이 맞았다.

시온은── 레비우스를 믿으려고 했다. 위화감을 느끼면서도, 필사적으로 그 생각을 떨쳐냈다. 의심에서 눈을 돌렸다. 동료를 의심하려는 자신의 깊은 시기심을 부끄러워했다.

믿고 싶었다.

예전의 동료가 이런 몸이 돼버린 자신이 걱정돼서 오랜만에 만나러 와줬다고 생각했으니까.

그래서── 아르셰라를 비롯한 메이드들 앞에서도 그렇게 행동했다.

재회가 기대된다고.

자신에게 말하는 것처럼, 계속 그렇게.

믿고 싶으니까 계속 말했다.

그런데──

"……왜지, 레비우스?"

시온은 애원하는 것처럼 물었다.

"어째서, 네가…….."

"어째서, 라. 모르겠다면── 그게 대답이다, 시온!"

절규 같은 고함과 동시에, 레비우스가 칼을 휘둘렀다.

거리를 죽이는 성검──『멜토르』.

그 참격은 두 사람 사이의 거리를 무시하고 시온을 덮쳤다.

"──!"

시온은 재빨리 마력 방벽을 다중 전개. 마법진을 몇 겹으로 전개하고 마력을 고속으로 순환시켜서, 영구기관과도 같은 방어력을 만들어냈다. 마술사라면 누구나 쓸 수 있는 기본적인 방어술이지만, 시온 정도 수준에서 사용하면 그것만으로도 최강의 방벽이 된다.

거리를 무시하고 날아오는 절대적인 참격이 고속으로 전개한 방벽에 격돌.

참격은 튕겨 나가 안개처럼 사라졌고, 시온에게는 아무런 대미지도 없다.

"——느린데. 몸이 둔해졌나?"

그 목소리는 뒤쪽에서 들려왔다.

'이런——.'

가렐 정도 수준이라면 참격을 공간도약 시키는 정도가 고작이겠지만, 뛰어난 사용자가 다루면 『멜토르』에 의한 참격은 물론이고 사용자 자신까지 공간도약이 가능해진다.

통상적인 공간 마술에서 사람을 공간도약 시키려면 대규모 의식과 준비가 필요하지만, 『멜토르』의 마음에 든 자라면 길을 걷는 것처럼 공간도약이 가능해진다.

"아니면, 내가 널 드디어 따라잡은 걸까."

말이 끝나기가 무섭게, 참격을 페이크로 삼아 뒤로 도약한 레비우스가 검을 가로로 휘둘렀다.

시온은 또다시 빠른 속도로 방벽을 전개했지만—— 그것이 무의미하다는 것은 누구보다 본인이 잘 알고 있었다.

'안 돼…… 막을 수 없어.'

선택받은 자가 휘두르는『멜토르』에는 그 칼날이 닿은 물체의 공간을 강제로 벌려버리는 특성이 있다.

어떤 물체와의 사이에── 강제로 거리를 만든다.

칼날이 닿은 순간, 그 물체는 처음부터 두 개였던 것이 돼버린다.

간단하게 말하자면── 뭐든지 벨 수 있다.

아무리 튼튼한 방패라고 해도, 아무리 방대한 마력을 뭉쳐서 만들어낸 방벽이라고 해도, 존재하는 공간 자체를 갈라버리면 어찌 할 도리가 없다.

이 세상의 모든 물체를, 허공을 베는 것처럼 공간채로 갈라버린다.

『허공 베기』.

공간도약 같은 화려한 원거리 공격보다 훨씬 무시무시한,『성검 멜토르』의 진수라고도 할 수 있는 특성──

"──!"

방어할 수 없는 무자비한 참격이 시온을 덮쳤다. 최고 밀도의 마력 장벽은 버터처럼 간단히 갈라졌고, 반사적으로 방여하려고 내민 왼팔도 팔꿈치 언저리에서 잘려버렸다.

반사적으로 후퇴했지만 이미 늦어서, 몸통을 깊이 베이고 말았다. 살갗 하나만 간신히 남아서 붙어 있는 것 같은 상태였다.

"훗!"

레비우스는 성검을 휘두른 자세로 몸을 한 바퀴 돌려서, 시온이 가슴에 강렬한 뒤돌려 차기를 날렸다.

발차기의 충격에 간신히 붙어 있던 몸통이 뜯겨나갔다.

하반신과 왼손을 남겨두고, 상반신만 날아갔다. 저택 창문을 깨고 밖으로 날아가, 잔디 위에 떨어졌다.

"큭, 커헉……."

극심한 고통에 괴로워했지만 그것도 한순간의 일. 하반신과 왼손이 잘려나간 단면이 징그럽게 꿈틀대나 싶더니, 바로 재생이 시작됐다.

겨우 몇 초 만에 육체의 재생이 끝났다. 저택 내부에 남겨져 있던 하반신과 왼팔은 안개처럼 사라져버렸다.

"정말로 괴물 같은 재생력이네. 역시 마왕이 직접 걸어준 저주라고 해야 하나…… 마왕만큼이나 무시무시한 능력이야."

창문에서 도약해, 레비우스도 저택 밖으로 나왔다.

"하지만…… 성검으로 계속 공격한다면 언젠가는 죽겠지? 2년 전에, 네가 마왕에게 그랬던 것처럼."

그 지적은——사실이었다.

오래 전에 마왕의 천적이었던 존재, 신족——그 힘이 깃든 성검은 마족에 대해서 절대적인 효과를 발휘한다. 마왕도 대부분의 공격을 무효화하는 절대적인 방어력과 경이적인 재생력을 지녔지만, 성검이라면 대미지를 축적시킬 수가 있었다.

지금처럼, 레비우스가 휘두르는 성검의 공격을 계속 받는다면——언젠가는 생명력이 다 떨어져서 죽게 될 것이다.

"네 저주의 진수…… 에너지 드레인도 성검의 가호라면 막을 수 있다. 뭐, 네가 진심으로 저주를 해방하면 어떻게 될지 모르지만…… 그래도 그건 불가능하겠지."

그렇게 말하고, 레비우스는 슬쩍 옆쪽을 봤다. 거기에는 기사단 단복을 입은 사람 십여 명이, 의식을 잃고 잔디밭 위에 쓰러져 있었다.

레비우스가 기절시킨, 그의 종자들이다.

"저주로 날 죽이려고 하면 저 녀석들도 말려들어서 죽는다. 내 계획 따위는 알지도 못하는 선량한 기사들이. 넌 죄 없는 사람들을 죽일 수 없잖아? 착하고 상냥한 용사니까."

종자들을 일부러 저택 가까이에 있게 했던 게 이것 때문인 것 같다.

에너지 드레인의 방패로 삼기 위해.

시온의 상냥함과 미숙한 점을, 징그러울 정도로 철저히 계산해서——

"이제 끝이다, 시온 터레스크. 더 이상 도망칠 방법은 없어."

"……그렇게 내가 미운 거야?"

재생된 다리로 일어나며, 시온이 말했다.

"이렇게 번거로운 짓을 하고, 몇 겹으로 책략을 깔고…… 그렇게 해서까지 죽이고 싶을 정도로, 내가 미운 거야?"

"그래."

레비우스는—— 바로 대답했다.

"나는 계속 네가 싫었어, 시온. 너무너무 미워서 미칠 지경이었지. 나보다 열 살이나 어린 주제에, 나보다 훨씬 뛰어난 네가 미

웠어. 부러웠어. 질투가 났어. 네가 나타나기 전까지…… 신동이
란 날 위한 말이었어. 너만 없으면…… 용사라는 칭호도, 성검도,
전부 내 것이 될 예정이었어!"

말이 거칠어지면서, 청년의 단정한 표정도 무너져갔다.

부드러운 미소가 사라지고, 끓어오르는 질투와 분노에 지배당
하는 형상이 됐다.

'레비우스……!'

마음이 찢어지는 것처럼 아팠다. 너무나 아파서 참을 수가 없
었다.

예전에 누구보다 신뢰했던 동료가, 지금껏 본 적 없는 얼굴로,
들어본 적도 없는 말을 토해내고 있다.

지금까지 몇 번이나 시온을 도와줬던, 든든한 말과 상냥한 표
정— 아름다운 추억이 전부, 큰 소리를 내며 무너지는 것 같았다.

"……네 말은, 전부 거짓말이었다는 건가. 날 동료라고 했던 말
도, 나한테 용사가 되라고 했던 말도……."

"아, 그런 일도 있었지. 큭큭……『용사가 될 수 있다』말이지.
그런 말을 대체 몇백 번이나 하고 다녔는지. 여기저기서 만나는
꼬마한테, 전부 비슷한 말을 했으니까."

입가를 끌어 올려서 일그러진 조소를 그렸다.

"내가 너한테 상냥하게 대했던 건 말이야…… 기분 좋았기 때
문이야! 출생도 성장 환경도 좋지 않은 밑바닥 인생 꼬마한테, 상
류계급의 입장에서 자비로운 마음을 베푸는 것이!『서민을 차별
하지 않는 착한 귀족』이라는 이미지가! 너무 좋아서 미칠 지경이

었다! 그런데…… 그런데."

조소가, 순식간에 고통을 견디는 표정으로 바뀌고 머리를 마구 쥐어뜯었다.

지금의 레비우스는 너무나 불안정하고, 너무나 위험했다.

"그런데…… 날 뛰어넘으면 안 되잖아? 왜냐고, 왜, 넌 천재냐고? 그냥 평범한 사람이었다면, 어디에나 있는 쓰레기였다면, 난 계속 상냥한 사람으로 있을 수 있었다고. 이렇게…… 질투에 미쳐버리는 일도 없었다. 네가 날…… 이렇게 만들었다, 시온!"

격앙된 채로, 레비우스가 땅을 박찼다.

분노, 질투, 비애, 증오, 망집, 열등감, 자기혐오…… 온갖 인간다운 감정을 먹고, 성검은 더욱 눈부시게 빛났다.

방어를 용납하지 않는 검줄기 앞에서, 시온은 회피하는 수밖에 없었다. 계속 펼쳐지는 파도 같은 검격을 필사적으로 피했다.

하지만, 아무리 적절하고 정확한 회피 행동을 취하더라도, 말까지는 피할 수가 없다. 좋건 싫건 귀로 들어와서 마음을 더럽혀 간다.

"네가 저주에 걸렸을 때…… 꼴좋다고 생각했다. 이제 너만 없어지면 내가 정점에 설 수 있다고 생각했다. 너한테서 용사 칭호를 빼앗고, 진짜 용사가 될 수 있다고 생각했다. 하지만…… 아니었다."

물방울이 흘러 떨어지는 것처럼, 격정을 토해낸다.

"아무것도 모르는 대중들이 아무리 찬사를 해도 허무할 뿐이었다. 모든 것을 알고 있는 자들은 계속 나와 비교하면서 헐뜯었다.

『시온이라면 더 잘 했다』『시온이 있었으면 이 나라는 더 발전했다』…… 지옥이었다. 가짜 용사 노릇을 한 2년 동안, 그저 지옥이었다."

아무리 감정을 터트려도, 검놀림은 전혀 흐트러지지 않았다. 깔끔한 움직임으로, 정확하게 급소를 노린다.

원래 레비우스는 검술 실력만 따지면 시온에게 육박할 정도였다.

상대는 성검을 들었고 이쪽은 무기가 없으니, 당연한 얘기지만 승산이 없다. 대규모 공격 마법을 발동할 틈도 없어서 계속 방어만 할 뿐이다.

'……강해. 아니—— 강해졌어.'

몇 번이나 치명상을 입고, 몇 번이나 재생을 거듭하면서, 시온은 생각했다.

'2년 전의 나와 동등…… 아니, 그 이상으로 『멜토르』를 다루고 있어. 나보다 더 『멜토르』에게 사랑받고 있어.'

생각했다. 생각하고 말았다.

생각하지 않아도 되는 일을 생각해버렸다.

'지옥이…… 널 강하게 만든 거야, 레비우스.'

저주에 시달리고, 고독을 강요당했던 시온은, 자신이 있는 곳이 바로 지옥이라고 생각했었다.

하지만.

아무래도 레비우스가 있던 곳도 지옥이었던 것 같다.

화려하게 보였던 허식의 영광은 그의 마음을 짓누를 뿐이었다.

공허한 찬사를 받고, 매정한 모욕을 받고── 끊임없이 자존심을 꺾어왔던 레비우스는, 겉으로는 웃으면서도 갈 곳 없는 분노와 질투심을 불살라왔다.

타오르는 격정을 양식으로 삼아, 레비우스는 강해졌다──

"이젠, 지긋지긋하다……! 네가 있는 한 나는 언제까지나 가짜고, 대체품일 뿐이다. 그래서 지금── 널 죽이겠다. 널 뛰어넘어, 비로소 진짜 용사로서 살아가겠다!"

살의가 담긴 일격── 목을 날렸다.

하지만 시온은 그 정도로 죽지 않는다. 죽을 수 없다. 곧바로 재생이 시작돼버린다. 하지만, 마음과 정신까지 멀쩡한 건 아니다.

"난…… 너와 싸우고 싶지 않아."

머리가 재생되는 중에, 시온은 짜내는 것 같은 목소리로 말했다.

"난 너를…… 동료라고 생각했어. 계속, 너한테 고마워했어."

너를── 친형처럼 생각했다고.

시온은 그렇게 말했다.

이런 상황에서 무슨 소리를 하는 거냐는 생각도 했다. 하지만, 자기도 모르게 말이 흘러나오고 말았다. 이제 와서 말로 해결하려 해버리고 말았다.

아직 상대에게 말이 전해질지도 모른다고, 약간의 희망에 매달리고 말았다.

하지만──

"건방지게 굴지 마라, 괴물. 너 따위가 동생이라니, 구역질이
난다."

말은, 마음은, 미련은, 집착은――

무엇 하나 상대에게 전해지지 않았다.

"……!"

굴욕과도 같은 비참함이, 시온을 덮쳤다. 분노보다 수치 쪽이
더 컸다. 상대를 무엇 하나 이해하지 못한 채, '레비우스도 틀림
없이 날 동생이라고 여길 것이다'라는 맹신적인 착각을 해버린 자
신이 너무나 비참해서 미쳐버릴 지경이었다.

'왕족에게는 미움받고, 대중에게는 잊히고…… 그리고, 동료라
고 생각했던 사람은 증오만 품고 있었던 건가…….'

너무나 큰 치욕과 절망에, 시온은 무릎을 꿇었다.

눈동자에서 눈물이 떨어지는―― 그 순간이었다.

"――웃기지 마라."

그것은 마치 지옥 밑바닥에서 울리는 것 같은 목소리였다.

너무나 낮은 여자 목소리…… 이 세상에 존재하는 모든 분노를
녹이고 끓여서 졸인 것 같은, 작렬의 분노가 깃든 목소리.

"헛소리 작작 해라……! 네놈들 인간은, 몇 번이나…… 몇 번이
나 시온 님을 배신해야 직성이 풀리는 것이냐……!"

공간이―― 삐걱거린다.

약간의 균열이 발생했나 싶더니 거기서 방대한, 무시무시한 마

력이 뿜어져 나왔다.

마치, 지옥의 뚜껑이 열린 것처럼.

열려버린 암흑 속에서, 하얗고 가느다란 여자의 손이 뻗어 나왔다.

"시온 님이, 대체 뭘 어쨌다는 거냐?! 시온 님은 그저…… 오로지 인류를 위해 모든 것을 바쳐왔을 뿐이다! 국가의 기대와 희망을 한 몸에 짊어지고, 어린 몸을 채찍질하며, 인류를 지키기 위해 우리와 같은 위협과 싸워왔다! 그 막대한 은혜를, 어째서 원수로 갚는 것이냐!"

두 개의 손이 공간을 움켜쥐었다.

억지로, 힘으로, 이공간의 문이 열린다.

거기서 나타난 것은── 악신 같은 얼굴의 서큐버스였다.

'아, 아르셰라…….'

시온조차도 본 적이 없는 표정이었다. 2년 전에 적이었던 때조차 이렇게까지 화가 난 아르셰라는 본 적이 없었다.

"저주에 침식당하면서도, 시온 님은 오로지 인류에 대해서만 생각하셨다. 상처 입고 방황하면서도, 멸망의 길만은 선택하지 않았다…… 그 고귀한 마음을, 그 존엄한 마음을, 어째서 네놈들 인간들은 모르는 것인가?!"

어둠 속에서 기어 나온 서큐버스는 칠흑의 살의로 가득 찬 눈으로 가짜 용사를 봤다. 공간에 새로운 균열이 생기고 또다시 아르셰라를 폐쇄 공간으로 밀어 넣으려고 했지만, 그걸 힘으로 밀어내고 앞으로 걸어갔다.

"아아…… 그래, 됐다. 그냥, 정이 떨어졌다. 나라가, 사람이, 신이…… 시온 님을 괴롭힌다면, 이 몸이 전부 멸해주마. 먼저 네 놈부터다, 레비우스 벨터 서게인!"

칠흑의 날개를 펼치고 음마의 여왕이 날아올랐다.

"시온 님은 네놈과의 재회를 기대하고 계셨다! 질투할 정도로, 그리도 즐겁게 네놈에 대해 말씀하셨다…… 그런데…… 그런데…… 시온 님을 슬프게 만든 죄, 백 번 죽어서 그 죗값을 치러라!"

세상을 전부 유린하고 능욕해버릴 것만 같은 살의와 마력을 담은 일격을, 주인에게 상처 입힌 적을 향해 날리려고 했지만──

"큭……『멜토르』!"

레비우스의 목소리에 호응해서, 성검이 더 밝게 빛났다.

직후── 아르셰라 주위에 수많은 암흑이 전개됐다. 갈라진 틈들은 마치 의지를 지닌 것처럼 꿈틀댔고, 그녀의 사지를 물고 늘어져서 움직이지 못하게 했다.

"──?!? 으, 아, 으아아아아아아──."

절규했지만, 허무하게도 아르셰라는 또다시 암흑 공간으로 끌려 들어가고 말았다.

"헉, 헉…… 홋. 하하하."

숨을 거칠게 쉬면서도 레비우스는 안도의 웃음을 흘렸다.

"놀랐군. 설마 발동한『나락옥』을 힘으로 깨트릴 줄이야…… 역시나 음마의 여왕『바빌론』이군."

그리고 또다시, 시온 쪽을 봤다.

"훼방꾼이 있었지만, 계속해볼까. 인간 놀이를 하고 싶어하는 괴물 토벌이다."

"…………."

마음을 도려내는 것 같은 잔인한 말―― 하지만 시온에게는 전해지지 않았다. 조금 전에는 한마디 들을 때마다 마음이 찢겨 나가는 것 같았던 조롱이, 지금은 어딘가 먼 세상에서 일어나는 일처럼 느껴졌다.

머릿속에 떠오른 것은―― 아르셰라의 모습.

절대적인 폐쇄 공간에서 빠져나오려던 그녀가―― 시온을 위해서 진심으로 화를 내준 그녀가, 너무나 사랑스러워졌다.

아르셰라만이 아니다.

페이나도, 이브리스도, 나기도…… 틀림없이, 시온을 위해서 화를 내며 폐쇄 공간에서 빠져나오려고 발버둥 치고 있을 것이다.

그 모든 것이 사랑스러웠고, 텅 비었던 마음이 채워져 갔다.

'아――그렇구나.'

생각이 났다.

소중한 것이 생각났다.

'지금 난―― 지옥에 있는 게 아니었어.'

자신은 이미 지옥에서 빠져나왔다.

영원히 계속될 것만 같았던 지옥에서 자신을 구해준 이들이 있다.

"죽어다오, 괴물. 세상을 위해, 사람들을 위해, 그리고 날 위해서."

"――거절한다."

시온이 말했다. 단언했다.

대지를 딛고 일어나, 망설임 없는 눈으로 상대를 보면서.

"……생각났어. 지금 나한테는 죽으면 안 되는 이유가 있어. 주위에 해를 끼칠 뿐인 괴물이 됐지만…… 그러면서도 살고 싶다고 생각하는 이유가 있어. 이런 나한테도── 살아주기를 바라는 가족이 생겼어."

씩씩한 말과 함께, 시온은 오른손에 낀 장갑을 벗었다. 몇 겹으로 걸어놓은 봉인 술식에서 해방된 것은── 무시무시한 저주의 각인.

똑바로 앞을 보는 눈빛에는 갈등도 고뇌도 남아 있지 않았다.

순수한 각오와 적개심을 담은 눈빛으로, 시온은 형처럼 생각했던 남자를 노려봤다.

"괴물은 살아가겠어. 뻔뻔하게 살아가겠어. 그러기 위해서라면, 용사라도 없애버리겠다."

그 비할 데 없이 처절한 투지 앞에서, 레비우스는 압도당했다.

망설임 없는 눈빛, 용맹한 선 자세, 온몸에 넘쳐나는 마력과 투기…… 그 모든 것들이 예전의 시온── 용사라고 불리던 시온 터레스크를 떠올리게 했다. 자기도 모르게 뒤로 한 걸음 물러나고 말았다.

'……침착해라.'

이를 악물고, 필사적으로 자기 몸에 채찍질을 했다.

'두려워할 필요 없다. 나한테는 성검이 있다. 그리고 나는……

이미 과거의 저 녀석을 뛰어넘었다. 질 이유가 없다……!'

2년 동안 죽을 각오로 단련한 덕분에, 레비우스는 강해졌다.

성검을 다루는 것만 따지자면 예전의 시온을 뛰어넘었다고 자부한다. 왕실 인간들은 인정하지 않으려고 하지만── 지금이라면 마왕도 쓰러트릴 수 있을 것이다.

'경계할 것은…… 저 오른손인가.'

다시 냉정해진 레비우스는, 집중력을 발휘해서 저주가 새겨진 오른손을 노려봤다.

시온의 저주가 발각된 뒤에 궁정 마술사들이 시온이 몸을 이용해서 여러 가지를 검증했다── 불사의 육체를 거꾸로 이용하는 끔찍하고 비인도적인 검증을 몇 번이나 행했다.

그 결과, 저주의 각인이 새겨진 오른손의 저주가 특히 심하다는 사실이 판명됐다.

직접 닿으면, 그것만으로도 죽는다──

"간다, 레비우스."

선언하면서── 시온이 도약했다.

마력을 집중한 발로 대지를 박차고, 폭발적인 가속으로 돌진했다── 그런가 싶었지만, 그것은 잔상.

본체는 급가속, 급정지한 뒤에 레비우스의 등 뒤에 가 있었다.

"흥. 다 보인다, 시온!"

뒤를 돌아보면서 칼을.

다가오는 왼손을 『멜토르』의 특성을 이용해서 베어버렸다. 닿으면 목숨을 빼앗기는 마의 손은, 손목이 잘리자 소실됐다.

"즉사의 손이라 해도, 잘라버리면 문제없겠지."

"……."

"이걸로 끝이다!"

재생할 틈을 주지 않고, 바로 다음 공격을 펼쳤다. 온 몸에 마력을 돌려서, 육체강화 술식의 힘을 한계 이상으로 끌어냈다.

성검이―― 번쩍였다.

그것은 보통 사람의 눈에는 보이지 않을 정도로 빠른 검기.

시온의 육체에 수많은 선이 그어졌나 싶더니, 다음 순간에는 육체가 조각조각 나서 땅바닥에 떨어졌다.

바로 재생이 시작됐지만―― 레비우스는 땅에 누워 있는 몸의 중추, 심장 위치에 성검을 꽂았다.

"크윽, 킥, 으으……."

"재생력이 얼마나 대단한지는 모르겠지만, 마력의 중추인 심장을 계속 파괴하면 소모도 빠르겠지."

승부는 났다.

시온의 말에 의하면 선대 마왕도 성검으로 심장을 꿰뚫어서 해치웠다고 했다.

"꼴사납구나, 시온. 세상을 구한 용사의 말로가, 이런 꼴이니. 설령 네가 지금 여기서 죽는다고 해도, 이 나라 사람들은 알지도 못한다. 네가 아무리 사람들을 위해 노력해도, 결국 보상 받지 못했다."

승리를 자랑하는 것처럼 웃으며, 레비우스가 계속 말했다.

"너는 그런 몸이 돼서도 초보자용 마술 교본 따위를 써서 사람들을 도우려고 했지만…… 설마, 그러면 인정해줄 거라고 생각했나? 선행을 쌓아 가면 저주받은 몸이라도 받아들여줄 거라고 생각했나? 아첨을 떨고 인간인 척 행세하면— 인간들의 동료가 될 거라고 생각했나?"

일그러진 조소와 함께, 레비우스가 내뱉었다.

"하하하, 웃기지 마라 괴물. 불쌍해, 너무 불쌍하구나. 인간이 얼마나 제멋대로인지는 너도 뼈저리게 알고 있을 텐데. 누구도 널 받아들여 주지 않는다. 괴물은 무슨 짓을 하건 괴물일 뿐이다."

"……훗."

거기서 시온이── 웃었다.

가슴을 찔린 채, 입에서 피를 흘리며, 크게 웃음을 터트렸다.

"후, 하하, 하하하."

"……뭐가 우습지?"

"흥. 당연히 우습지. 우스운 것도 정도가 있다고. 네가 너무나 엉뚱한 소리를 해서 말이야."

"엉뚱한……?"

"인간의 동료가 되는 것 따위는…… 오래전에 포기했어."

시온이 말했다.

"초보자용 마술서를 쓰고 있기는 한데…… 솔직히 말해서 마술의 일반화나 보급 따위는 크게 신경도 안 써. 그냥 지금 내가 할 수 있는 일이, 그것밖에 생각나지 않았기 때문이야."

"일……?"

"그래, 일이야. 아무리 나라에서 받은 돈이 있다고 해도, 직업이 없으면 너무 멋이 없잖아."

그렇게 말하면서, 시온이 오른손을 들었다.

저주받은 오른손으로 가슴을 꿰뚫은 성검의 칼날을 움켜쥐었다.

"그 녀석들한테는 비밀이다, 레비우스."

시온이 말했다.

어딘가 농담하는 것 같은 말투, 하지만 눈에는 예리한 빛이 깃들어서.

"난 그저, 새 가족들 앞에서—— 날 섬기는 메이드들 앞에서, 멋있는 주인이 되고 싶었을 뿐이라고!"

──『노 브레스』.

순간.

손등에 새겨진 저주의 각인이 어둡게 빛났다.

오른손에서 칠흑이 마력이 뿜어 나와서 성검을 감쌌다.

스멀.

스멀, 스멀, 스멀—— 하고.

마치, 젖은 종이에 떨어트린 잉크가 서서히 번지는 것처럼.

오른손이 닿은 곳부터—— 성검이 검게 물들기 시작했다.

"——?! 뭐, 뭐야 이건……?!"

"손 떼는 게 좋을 거야, 레비우스. 안 그러면—— 너도 잡아먹힌다."

"으, 으악."

황급히 손을 뗐다. 상대가 시키는 대로 한 게 아니다. 본능적인 공포가 그를 움직이게 만든 것이다.

칠흑은 순식간에 칼날 전체에 퍼졌고, 마지막에는 칼날 받이와 자루까지 시커멓게 물들었다. 신성한 백은색 빛을 내뿜던 검은── 빛조차도 삼켜버리는 것 같은 암흑의 검으로 변모했다.

그리고 마지막에는── 덥썩, 하고.

검게 변해버린 성검은 시온의 오른손으로 빨려 들어가는 것처럼 소멸됐다.

"마, 말도, 안 돼……."

눈앞에서 벌어진 광경을 받아들이지 못하고 경악하는 레비우스. 그런 그의 뇌리에, 어떤 말이 떠올랐다.

'──에너지 드레인.'

마왕을 쓰러트렸을 때 걸린 저주로, 주위의 생명을 빨아들인다. 저주의 각인이 새겨진 오른손은 특히 저주가 강한지, 직접 건드리면 온갖 생명을 순식간에 먹어치운다──

"서, 설마…… 시온, 너── **성검을 먹어버린 건가?!**"

"그래, 맞아."

크게 자랑하는 기색도 없이, 오히려 자조하는 것처럼, 시온이 고개를 끄덕였다. 일어나서, 성검을 삼켜버린 오른손을 노려봤다.

"우, 웃기지 마라…… 뭐, 뭐냐, 그건……?!"

에너지 드레인으로 성검을 통째로 삼켜버리다니. 말도 안 된다. 그럴 리가 없다. 믿을 수가 없다── 하지만 눈앞에는 초연하게 서 있는 소년이 있다.

아무리 머리가 부정해도, 소년이 지닌 압도적인 존재감이 강제적으로 사실을 가슴에 새겨 넣는다.

"하아아……!"

시온은 오른손을 들고, 뭔가 주문을 읊는 것 같았다.

마법진이 몇 겹이나 전개되는 것 같더니── 삼켜버렸던 성검이 다시 이 세상에 나타났다.

하지만── 색은 검정.

칠흑으로 물들어버린 『멜토르』를, 시온이 쥐었다.

치켜들고── 내리쳤다.

"──?!"

칼날이 미치는 거리가 아니었는데, 참격이 레비우스의 바로 옆에 작렬했다. 머리카락이 몇 가닥, 그리고 볼을 살짝 베였다.

틀림없다.

지금 그건── 참격의 공간도약.

『성검 멜토르』만이 가진, 유일무이한 특성──

"흠. 문제없는 것 같네."

"……어, 어째서! 어째서 네가── 어째서 지금의 네가, 『멜토르』를 다루는 거냐?!"

성검은 신이 만드신 퇴마의 검.

신의, 신에 의한, 인간을 위한 검.

마족에 대해 절대적인 위력을 발휘하고, 인간이라면 누구나 다룰 수 있다── 반면 순수한 인간 외에는 절대로 다룰 수 없다.

마족은 물론이고 엘프나 수인 등, 인간 이외의 피를 짙게 이어받은 자는 성검의 총애를 받을 수 없다.

"지금의 너는…… 한없이 마족에 가까울 텐데. 그런데, 어째서, 『멜토르』를 다룰 수 있지?! 어째서 성검의 사랑을 받은 거지?!"

"덮어씌웠거든."

시온이 말했다.

담담하게, 그저 사실만을 말하는 것처럼.

"성검은 인간만이 다룰 수 있다…… 그 설정을, 덮어써서 바꿔버렸어."

"바꿔, 버렸다고……."

"이 오른손으로 성검을 전부 흡수하고, 그리고 몸속에서 바꿔쓴 뒤에 밖으로 꺼냈지."

『노 브레스』.

그것은 기술이 아닌, 생태.

자신의 의지와 상관없이, 몸이 살아가기 위해서 일으키는 현상.

저주받은 소년에게 에너지 드레인은 단순한 호흡과 마찬가지.

그 해방은, 천천히 심호흡 하는 것과 같다.

그렇다.

호흡이란 들이쉬는 것만이 아니다.

내쉬는 것도── 호흡.

들이쉰 것을 몸속에서 다른 것과 바꾸고 내쉬는 것까지, 그것을 호흡이라고 한다.

"말하자면…… 성검을 억지로 조교했다고 할 수 있지. 날 싫어하는 여자를 약을 써서 세뇌하고 계속 지고의 쾌락을 맛보게 해서, 강제적으로 나한테 반하게 했어. 내게 굴복시키고, 내가 아니면 만족할 수 없게 만들었지…… 흥. 내가 생각해도 정말 징그러운 짓을 했다니까."

더러운 것을 내뱉는 것처럼 말하고, 검게 물든 검을 보는 시온.

『멜토르』는 괴이한 빛을 내뿜고 있다. 조금 전에 레비우스가 들고 있던 때처럼—— 아니, 그 때보다 더, 환희에 떨고 있는 것처럼 보였다.

마치 지금의 주인에게, 시온 터레스크에게 영원한 복종을 맹세한 것처럼.

"『성검 멜토르』는 지금『마검 멜토르』로 다시 태어났어. 인간만이 쓸 수 있는 검이 아니라, 나만이 쓸 수 있는 검이 됐다."

"……마, 말도 안 돼! 이건 말도 안 돼……! 거짓말, 이다. 당연히 거짓말이다, 그런 일이 가능할 리가! 성검은…… 마족의 천적일 텐데! 그것을, 마의 힘으로, 억지로 지배하다니……."

자신의 상식이 근본적으로 뒤집혀버리자, 레비우스는 창백한 얼굴로 소리쳤다.

"성검을 힘으로 굴복시키다니…… 그 마왕조차도 불가능했을 텐데!"

"잊었어, 레비우스? 지금 네 눈앞에 서 있는 남자는—— 마왕을 죽인 용사거든?"

시온이 말했다.

엄연한 사실을.

역사에는 남지 않았던 진실을.

"마왕을 쓰러트린 용사가 마왕이 못 했던 일을 한다고 해도 이상한 일이 아니잖아?"

마왕을 초월한 소년은 거만하게 말하면서 성검을—— 아니, 마검으로 타락해버린 검을 겨눴다.

"자—— 이제 끝내볼까."

시온은 대지를 박차고는 폭발적인 가속으로 거리를 좁혔고, 순식간에 레비우스의 품 안으로 파고들었다.

레비우스는 반사적으로 허리에 찬 검을 뽑았다. 평소에 애용하는 검이고 성검에는 못 미치는 것이지만, 팔면 저택을 열 채는 세울 수 있을 정도의 명검이다.

하지만—— 무의미했다.

단순한 발버둥에 불과하다는 사실은, 레비우스 자신이 너무나 잘 알고 있었다.

시온은 검을 세로로 내리쳤다.

『마검 멜토르』에 의한 공격은, 온갖 사물을 그것이 존재하는 공간 채로 갈라버리는, 방어할 수 없는 참격.

들어 올린 명검은 두 쪽으로 잘렸고, 레비우스의 몸통도 깊이 베였다.

"……푸핫."

쓰러지면서, 레비우스는 자기도 모르게 웃었다.

'빈정대는…… 건가?'

두 손으로 검을 쥐고, 발을 확실하게 디디고, 힘껏 내리친다.

시온이 선보인 일격은── 레비우스가 처음에 가르쳐줬던 기술이었다. 고아원을 방문했을 때, 태어나서 처음으로 검을 잡아본 소년에게 가르쳐줬던, 기술이라고 할 수 없는 기본 중의 기본이었다.

'어쩌면…… 네 나름대로의 예의, 인가…….'

레비우스는 큰 대자로 쓰러졌다. 시온은 바로 다가와서는 목에 칼을 들이댔다.

"하나…… 물어봐도 될까?"

고통에 신음하는 것 같은 목소리로, 그러면서도 어딘가 차가운 목소리로, 레비우스가 물었다. 가슴의 상처는 깊었고, 대량의 피가 끝도 없이 흘러나왔다.

"뭐지?"

"어째서, 바로 성검을 빼앗지 않았나? 마음만 먹으면, 언제든지 삼켜버릴 수 있었을 텐데? 그런데…… 어째서 열세인 척을 했지?"

대단한 일이 아니다.

승부는 처음부터 정해져 있었다.

레비우스가 아무리 성검을 잘 다룬다고 해도─ 시온 터레스크는 그보다 한참 높은 차원에 군림하고 있다.

자신이 지옥에서 기어 나오기 위해서 위로 향하는 동안에, 상대는 지옥 밑바닥에서 지옥의 힘을 손에 넣었다.

그렇기에── 이해할 수가 없었다.

마음만 먹으면 순식간에 승부를 마무리 지을 수 있었을 텐데, 왜 무의미하게 공격을 받아줬을까.

"널 뛰어넘었다고 생각하는 내가 우습고, 재미있어서 그랬나?"

"⋯⋯아니."

시온은 살짝 고개를 저었다.

"가능한 『멜토르』를 마검으로 만들고 싶지 않았어. 성검은 인류의 귀중한 비보니까. 한 자루라도 숫자를 줄이고 싶지 않았거든. 게다가 언젠가 또다시 마왕과 같은 위협이 나타났을 때⋯⋯ 혹시⋯⋯."

정신을 억누른 것 같은 목소리로, 시온이 말했다.

"만에 하나, 내가 몸도 마음도 괴물이 돼버렸을 때⋯⋯ 날 죽이는 검으로, 인류에게 성검이 필요하다고 생각했어."

레비우스는 할 말을 잃었다.

상대는 결코 봐주면서 싸웠던 게 아니다. 그저 아슬아슬한 순간까지 성검을 남기려고 했다── 자신의 목숨을 잃기 직전까지, 사람들의 미래를 생각했다.

"넌⋯⋯ 아직도 그런 말을 할 수 있는 거냐."

너무나 끔찍한 저주에 걸려도, 너무나 무시무시한 힘을 손에 넣어도, 그래도 변함없이, 창피해하지도 않고 저런 말을 한다.

그런 시온에게, 레비우스는,

"정말이지, 못 당하겠다니까."

한심하다는 것처럼, 그리고 어딘가 후련하다는 목소리로 대답했다.

공간의 틈이 토해내는 것처럼, 세 여자가 나타났다.

『성검 멜토르』가 『마검 멜토르』로 조교당하고, 소유자가 레비우스에서 시온으로 넘어가면서 『나락옥』의 봉인이 약해졌다. 그 틈을 노려서 페이나, 이브리스, 나기 세 명이 폐쇄공간을 깨고 나온 것이다.

"푸하~! 겨우 나왔네!"

"망할……! 어딨어, 그 금발! 죽어도 용서 못 해!"

"나리마님……! 나리마님은 어디지?! 무사하신가?!"

세 명은 바로 경계 태세를 취하고 주위를 둘러봤다.

"그런데…… 아르세라는 어디 있지? 그 녀석이라면 우리보다 빨리 탈출했을 텐데?"

이브리스의 말에 페이나가 손가락으로 대답했다.

슥, 하고 가리킨 방향에는―― 이미 폐쇄 공간에서 탈출한 아르세라가 서 있었다. 서큐버스가 아니라 인간으로 변한 모습으로 돌아왔고, 침통한 표정을 짓고 있다.

그 시선이 향한 곳에서는――

이미 결판이 난, 허무할 뿐인 싸움이 있었다.

"――고마워, 레비우스."

상대의 목에 칼을 들이댄 채로, 시온이 말했다.

레비우스는 얼굴을 찌푸렸다.

"……제정신인가? 자기를 죽이려고 했던 상대에게 고맙다니?"

"아니. 넌 날 죽이려고 했던 게 아냐―― 날, 죽여주려고 했지."

시온이 말했다.

"뭐랄까…… 확실한 뭔가가 있는 건 아니지만, 지금의 너는 왠지 연기하는 것 같았어. 억지로 나쁜 놈 행세를 하는 것 같은, 거짓말하는 냄새가 났거든."

"…………."

"레비우스. 넌 나를 죽여주려고 한 거지? 저주에 걸리고, 사람들에게 미움받고, 스스로 죽지도 못하고, 계속 비참하게 살아가야만 하는 불쌍한 괴물을── 끝내주려고 한 거지?"

어쩌면 그것은 너무 희망적인 관측인지도 모른다.

레비우스의 변모를 받아들이지 못한 시온이, 자기 편한 대로 환상을 만들어냈을 뿐인지도 모른다.

하지만, 그 환상을 믿고 싶었다.

레비우스의 말과 얼굴은 질투 때문에 추하게 일그러져 있었지만── 그래도 그가 휘두르는 검은 너무나 성실하고, 너무나도 진지했다.

이쪽에 대한 경의까지 느껴질 정도였다.

살의와 경의가 모순되지 않고 동거하는 것 같지 않은, 그런 검놀림──

"……훗. 하하하…… 넌 대체 얼마나 착한 녀석인 거냐."

레비우스는 웃었다. 입꼬리를 일그러트리고, 메마른 웃음소리를 흘렸다.

그리고는 모든 것을 포기한 것처럼 조용히 한숨을 쉬고,

"뭐…… 어느 정도, 그런 생각이 있었는지도 모르지."

그렇게 말했다.

"넌 완벽했다. 어린 몸이면서도 이 내가 질투할 정도로 완벽한 천재였다. 그래서…… 그런 네가, 역사에 이름을 남기지도 못하고, 사람들 모르게 썩어갈 뿐이라면, 차라리 내 손으로 확실하게 부숴버리겠다고…… 그런 생각을 한 것도 같다."

"그런가."

시온은 침통한 표정으로 고개를 끄덕였다.

"……1년 전이었다면 죽어줬을 수도 있는데 말이야. 한때는 동료라고 믿었던 네 손에 죽는다면, 그것도 나쁘지 않다고 생각했을지도 몰라."

왕도에서 쫓겨나고, 사람들 눈을 피하면서 살아가던 날들——

지옥과도 같은 고독에 시달리던 그 시절에 레비우스가 왔다면, 아마 저항도 하지 않고 죽어줬을 것이다.

아니, 울면서 감사했을지도 모른다.

저주를 끝내줘서 고맙다고.

하지만—— 지금은 아니다.

"지금의 나는 살고 싶어. 용사가 아니라도, 괴물이 돼서라도, 아무리 비참하고 아무리 꼴사납더라도…… 그래도, 살고 싶어."

입가에 살짝 미소를 지으며, 시온이 말해다.

"1년 전인가…… 흥. 난 누구만큼 재능이 없어서 말이야. 성검을 다루는 데까지 2년이나 걸리고 말았거든."

얄궂다는 듯이 말하는 레비우스. 그리고 나서 쿨럭, 하고 피를 토했다.

"자…… 빨리 죽여라. 각오는 돼 있다."

"…………."

시온의 입가에서 미소가 사라졌다.

오른손에 힘을 주고, 마검의 칼날을 목에서 몸통에 깊게 새겨진 상처 쪽으로 옮겼다.

날 끝에 옅은 빛이 깃들었다.

그것은 치유술의 빛이었다.

"뭐……? 무, 무슨, 짓을…… 크, 크으으윽?!"

"미안해. 불사의 몸이 된 탓인지 치유술 실력이 엉망이 됐거든. 섬세한 컨트롤을 전혀 못 하게 돼버렸어…… 낫기는 낫는데, 죽도록 아플 거야."

"큭…… 으아아악. 아, 아니…… 그런 걸 묻는 게 아니라!"

치료의 격한 아픔을 참으며, 레비우스가 외쳤다.

"왜 날 죽이지 않나?!"

"…………."

"동정하는 건가……? 넌 대체 어디까지 어설픈 거냐?! 죽여라! 내가…… 어떤 각오로 네게 도전했다고 생각하나?! 모든 것을 내던지면서까지 널 뛰어넘고 싶었던 내 각오를, 헛되게 할 생각이냐?!"

"착각하지마, 레비우스."

날카로운 눈빛으로 바라보며, 시온이 말했다.

"난 널 용서 안 해. 용서할 리가 없잖아. 지금의 나는, 날 죽이려고 한 놈을 용서할 만큼 착하지 않아."

오싹할 정도로 차가운 목소리로, 계속 말했다.

"넌 지옥으로 돌아가라, 레비우스."

"뭐라고⋯⋯?"

"각오인지 뭔지 모르겠지만, 네 멋대로 일을 저질러놓고 만족스럽게 죽는 건 용서 못 해. 넌 다시 왕도로 돌아가서『용사』라는 이름으로, 가짜 영웅 행세를 계속해. 네가 지옥이라고 부르는 날들을 거듭하면서, 나한테 미치지 못한 자신을 부끄러워해라.『용사』라는 말을 들을 때마다 나와의 엄연한 차이를 떠올리면서 부끄러움에 떨어라."

그것이 네가 받아 마땅한 벌이다.

그렇게 말했다.

레비우스는 혼란스러운 표정을 지었지만, 마침내 뭔가를 알아차렸는지 살짝 탄식하고, 질렸다는 것처럼 씁쓸한 미소를 지었다.

"⋯⋯결국 모든 것은, 사람들을 위해서인가. 지금『용사』인 내가 죽으면, 이 나라는 어지러워지니까. 주변 열강과의 힘 균형이 무너지고, 많은 피가 흐르겠지⋯⋯ 그래서, 날 죽이지 않고 살려두겠다는 건가. 정말이지, 너란 녀석은⋯⋯ 어디까지, 사람들을 위해 노력하려는 거냐."

그저 존재하기만 해도 생명을 잡아먹는 해로운 짐승이고, 언제 저주가 강해질지도 모른다── 언제 완전한 괴물이 돼버릴지도 모른다.

존재 자체가 인류에게 있어 위협일 뿐이다.

그것이 용사였던 존재── 시온 터레스크의 현재 상태.

"하지만 나는, 살기로 정했어. 사람들을 위해서가 아니라 날 위해서, 사리사욕을 위해서 싸우기로 정했어. 그러니까, 뭐…… 사람들이 평화롭게 살았으면 싶은 내 욕구도, 적당히 채워야겠거든."

"……언젠가 또, 널 죽이러 올지도 모르는데?"

"그땐 또 쓰러트릴 거야. 그리고 몇 번이고 널 지옥으로 돌려보낼 거고."

"훗…… 하하하."

레비우스는 웃었다. 자신에게 씌웠던 뭔가가 떨어져 나간 것 같은, 그러면서도 뭔가를 포기하고 타협한 것 같은, 자연스럽지 못할 정도로 밝고 메마른 웃음이었다.

신동용사와
메이드 누나
Genius Hero and Maid Sister.

에필로그　Genius Hero and Maid Sister.

　그 뒤에, 레비우스가 부하들을 데리고 왕도로 돌아갔다.

　중요한 『멜토르』는 완전히 마검이 돼버렸고, 다시 성검으로 되돌리는 건 불가능.

　그래서 시온이 마술로 겉보기엔 완전히 똑같이 생긴 모조품을 만들었고, 그걸 대신 가져가게 했다. 써보면 바로 가짜라는 걸 알 수 있는 물건이지만, 다행인지 불행인지 지금 이 나라에 레비우스 말고는 『멜토르』를 쓸 수 있는 사람이 없다. 당분간은 속일 수 있겠지.

　사실 나중에 큰 전쟁이 벌여져서 왕실이 레비우스에게 성검 사용을 허락했을 때는 가짜라는 게 들킬 수도 있겠지만── 나중 일은 나중에 가서 생각하면 된다.

　어쨌거나.

　오랜만에 찾아온 손님은 생각지도 못했던 격전과 바라지도 않은 전과를 가져다줬다.

　"『멜토르』. 다시 너랑 같이 있게 됐네."

　레비우스 일행이 귀환하고, 저택의 정리도 일단락된 뒤에──

　저택 복도를 걸어가면서, 시온은 자기 오른손을 보며 중얼거렸다.

　검은 장갑 속에서, 자신이 먹어버린 『멜토르』가 기뻐하는 반응을 보였다. 다른 수단이 없기는 했지만, 예전의 애검을 마검으로 만들어서 잡아먹어 버린 데는 조금 죄악감이 들었다.

'그나저나…… 그 녀석들은 뭐 하고 있는 거야? 벌써 저녁 시간이 다 됐는데, 아무도 부르러 오질 않네.'

평소 같으면 저녁 식사 시간이 다가오면 시온이 어디에 있던 누군가가 부르러 왔다. 그런데 오늘은 아무도 부르러 오질 않았다.

게다가 메이드들의 모습이 보이질 않는다.

저택 정리를 하고 있나 싶었는데, 아무래도 그건 아닌 것 같다. 정리하던 중에 그만둔 모양이다.

'그 녀석들이 일을 중간에 팽개치다니…… 서, 설마, 이게 보이콧이라는 건가……?!'

말로 표현할 수 없는 불안을 품고, 시온은 일단 무거운 발을 끌면서 식당으로 갔다. 만약 저녁 식사를 준비해놓지 않았다면 정말 보이콧이 아닌가 의심하는 수밖에 없다.

'……최근에 계속 뭔가 좀 이상했어. 그리고 아까 레비우스랑 싸울 때도 내가 꾸물댄 탓에 그 녀석들한테 폐를 끼쳤고…… 여, 역시 다들, 나한테 정이 떨어진 건가…….'

고민하면서 식당 문에 손을 댔다.

천천히 열었다.

다음 순간──

퍼버버버벙.

경쾌한 파열음과 색색의 꽃잎이 날렸다. 저위 빛 마술이다. 하늘에 떠 있던 구체를 폭발하면서 컬러풀한 빛의 꽃을 피웠다.

갑작스런 일에 시온이 깜짝 놀라서 멍하니 있었더니, "하나~ 둘" 하는 구령이 들려왔고,

『주인님, 생일 축하합니다!』

축복의 사중주가 울렸다.

아르셰라, 페이나, 이브리스, 나기. 아무리 찾아도 보이지 않았던 메이드 네 명이, 기다리고 있었다는 것처럼 환하게 웃으면서 시온을 맞이했다.

"너, 너희들……."

동요한 채로, 시온은 주위를 둘러봤다.

익숙해야 할 식당이 완전히 달라져 있었다.

벽과 창문에는 화려한 장식이 달려 있고, 축복의 메시지가 적혀 있다. 테이블 위에는 호화로운 요리로 가득 차 있다. 통째로 구운 새와 거대한 케이크. 스포리아텔라도 산더미처럼 쌓여 있었다.

"새, 생일……? 누구, 생일?"

"시온 님, 당신의 생일입니다."

"아르셰라…… 무슨 소리야? 내 생일은 오늘이 아닌데. 아니, 난 내 생일이 언제인지도 모르는데."

"예, 알고 있습니다. 그러니까, 오늘을 시온 님의 생일로 삼을까 싶어서 말이죠."

아르셰라가 부드러운 미소를 지으며 말했다.

"기억하고 계시나요, 시온 님. 오늘은—— 저희 넷이 이 저택을 찾아온 날입니다. 1년 전 오늘, 저희와 시온 님이 같이 살기 시작했습니다."

그 말을 듣고—— 그제야 생각이 났다.

이제 곧 1년이 된다는 건 알고 있었지만, 구체적인 날짜까지는 생각하지 않았다.

"시온 님은 생일을 신경 쓰지 않으시는 것 같지만…… 저희는 시온 님의 생일을 축하해드리고 싶습니다. 당신이 이 세상에 존재해주셔서 정말 다행이라는, 감사의 뜻을 전하고 싶습니다. 부디 저희가 일 년에 한 번, 당신의 생일을 축하하게 해주십시오."

아주 공손하게 말하는 아르세라.

"헤헤헤, 어때? 시 님, 놀랐어? 깜짝 놀라게 해주려고, 몰래 준비하고 있었거든?"

"그나저나…… 설마 가짜 용사가 오는 날이랑 겹친 데다, 그 녀석이 사실은 죽일 생각이 넘쳤고, 도련님을 죽이려고 들 줄이야……."

이브리스가 질렸다는 얼굴로 말하자, 페이나도 고개를 끄덕거렸다.

"그 금발 군도 분위기 파악을 못 한다니까~. 굳이 오늘 쳐들어오지 않아도 되는데. 오늘이 아니면 의미가 없으니까 나중으로 미룰 수도 없고."

그랬더니 아르세라가,

"시온 님, 중간에 방치한 저택 정리는 내일 확실하게 처리하겠습니다. 그러니 부디 오늘 밤은…… 이 생일 파티를 우선해 주십시오."

그렇게 말했다.

거기서 나기가 침통한 표정으로 입을 열었다.

"……정말 죄송했습니다, 나리마님. 요 며칠 동안 여러모로 나리마님의 시중이 소홀했습니다……."

"어쩔 수 없잖아, 나기. 그런 작전이었으니까."

"알고는 있지만…… 작전이라고는 해도 나리마님께 차갑게 대하다니, 내 마음이 찢어질 것만 같았다."

마음고생이 심했다는 표정으로 말하는 나기에게, 페이나가 의기양양하게 말했다.

"이런 건 갭이 중요한 거야! 살짝 차가운 태도를 보이다가, 사실은 전부 당신을 위한 일이었습니다~ 같은."

"아니, 페이나…… 넌 그렇게 말하지만, 아무리 도련님이라도, 그렇게까지 단순하──."

"……훌쩍."

메이드들이 오늘까지 있었던 일을 이야기하고 있는데 갑자기, 작은 오열 소리가 울렸다. 시온은 고개를 숙이고 두 손으로 얼굴을 가린 채 울음을 터뜨렸다.

메이드들이 황급히 달려갔지만, 시온은 계속 울었다.

"흑, 흐윽…… 우, 웃기지 말라고, 이, 바보 메이드들이…… 훌쩍. 나, 난, 계속 불안했단 말이야…… 너희가, 날 싫어하는 건 아닌지, 뭔가 기분 나쁘게 한 건 아닌지…… 그, 그런데, 생일은 무슨…… 흑, 흑."

울먹이는 목소리로 빠르게 말하고, 시온이 고개를 들었다.

"날 이렇게 기쁘게 해서, 뭘 어쩔 셈인데……?"

눈물을 뚝뚝 흘리면서, 시온이 웃었다. 최대한 불손하게 굴려고 했지만, 그래도 자꾸만 웃음이 흘러나왔다.

어린 얼굴에 그려진 눈물과 웃음을 보고, 메이드들은 모두 큰 충격을 받았다는 동작을 보였다.

"……아~ 생각났다. 이 도련님, 귀찮은 멘탈인 주제에, 의외로 단순했어."

"서프라이즈 대성공…… 아니, 너무 성공했나?"

이브리스와 페이나가 작은 소리로 말했다.

"우와~ 오늘 시 님의 웃는 얼굴은 위험한데……."

"그러게, 나도 잠깐 어지러웠다."

"근데…… 아르셰라는 뭐 하는 거야?"

페이나의 시선 너머에서는, 아르셰라가 피가 밸 정도로 입술을 꽉 깨물고 있었다. 그리고 두 손으로는 허벅지를 있는 힘껏 꼬집으면서.

이브리스가 추측을 말했다.

"이거, 그거네. 자기 성욕과 필사적으로 싸우는 거야. 지금 저 너무 귀여운 웃는 얼굴 때문에 당장이라도 자빠트리고 싶어 미칠 지경이지만, 생일 파티니까 자중하고 있는 거지."

"……그렇구나. 뭐, 마음은 알겠네."

"흑, 흑, 나리마님…… 그렇게까지 기뻐해 주시다니, 나기는, 나기는, 정말 기쁠 따름입니다!"

"이쪽은 이쪽대로 같이 울고 있네……."

"나기는 기본적으로 눈물이 많으니까~"

단숨에 소란스러워진 식당.

시온은 두 손으로 눈물을 벅벅 훔친 뒤에,

"아르셰라, 페이나, 이브리스, 나기."

메이드 네 명의 이름을 하나하나 불렀다.

"너희는, 생일이 있어?"

그렇게 묻자 메이드들은 서로의 얼굴을 본 뒤에, 고개를 가로 저었다.

아르셰라가 말했다.

"……아니요. 없습니다. 저희 마족에게는 탄생을 축하하는 관습이 없으니까요. 생일 파티라는 것의 존재도, 이 저택에서 살게 된 이후에 알게 됐습니다."

"그렇구나. 그렇다면── 오늘을, 나 혼자만의 생일이 아니라, 너희들의 생일로도 하자."

시온이 말했다.

"일 년 전에, 우리가 만나면서 새롭게 태어났다고 할 수 있으니까. 그러니까 오늘은, 우리 모두의 생일이야. 내년에도 후년에도…… 앞으로 계속, 매년 오늘을 다 같이 축하하자."

주인이 행복해하며 제안하자,

"분부대로 하겠습니다."

"난 찬성!"

"뭐, 괜찮겠네?"

"예, 알겠사옵니다."

메이드들도 아주 행복해하며 고개를 끄덕였다.

"시온 님. 그럼 이쪽에 앉아 주세요. 제가 요리를 덜어드리도록
하겠습니다."

"좋았어~! 오늘은 신나게 놀아보자~!"

"자, 마셔볼까~ 오랜만에 코가 비뚤어지도록 마셔야지."

"나리마님, 음식은 많이 있으니까 얼마든지 드십시오."

식당 안에 떠들썩하고 따뜻한 분위기가 가득 찼다.

로가나 왕국 서쪽, 엘트 지방──

인적 없는 깊은 숲속 깊고 깊은 곳.

덩그러니 서 있는 커다란 저택에는 다섯 괴물이 살고 있다.

사람들과 떨어져서 살아야 할 수밖에 없는 용사였던 소년과,
마왕을 배신하고 마계를 버린 고위 마족이었던 자들이.

갈 곳을 잃은 자들이 서로 모여서, 새롭게 지낼 곳을 만들었다.

사람이라고 부를 수 없는 자들이 사람처럼 살려고 하며.

주인이 아닌 자는 주인답게 행동하려고 하며.

메이드가 아닌 자들은 메이드답게 행동하려고 하며.

결코 가족이 아닌 이들이 어떤 가족보다 가족답게 지내려고 하
며, 세상 한쪽에서 행복해지려고 발버둥 치면서, 하루하루를 열
심히 살아가고 있다.

작가 후기

　일본에는「열 살에 신동, 열다섯에는 뛰어난 사람, 스물이 지나면 보통 사람」이라는 말이 있습니다. 열 살 때쯤에 놀라운 재능을 발휘해서 신동이라 불리게 되는 아이도, 나이를 먹어가면서 점점 보통 사람이 되어가는 경우가 많다는 의미라고 생각합니다만, 다시 생각해보면 아주 멋대로 하는 소리네, 라고 여겨집니다. 주위에서 멋대로『신동』이라고 추켜세우고, 그 뒤로 자기들 생각만큼 성장하지 않으면 실망과 체념을 섞어서『보통 사람』이라고 폄하해버립니다. 아주 제멋대로네요. 하지만 시점을 바꿔서 생각해보면, 그렇게『신동』을『보통 사람』이라고 위에서 내려다보는 시선으로 비평하는 건, 사실은『보통 사람』쪽의 사람들이죠.『신동』같은 신기한 존재는 언제나 대중의 관심과 비뚤어진 시선의 대상이고, 나쁘게 말하자면 장난감 같은 취급을 받습니다. 지극히 한정된 존재일 뿐인『신동』과 세상의 대다수를 차지하는『보통 사람』……. 그렇게 보면 오히려『신동』이『보통 사람』이 되는 쪽이 더 행복한 건 아닐까요? 언제까지고 재능을 잃지 않고, 사람으로 돌아가지 못한 채『신의 아이』로서 살아가는 것이 과연 신에게 사랑받은 증거일까요, 아니면—

　그렇게 해서 노조미 코타입니다.

세상을 구했지만 세상은 구해주지 않은 천재 소년과 그 소년을 흠모하는 누나들이 행복하게 살아가는 이야기. 뭐랄까…… 주인공이 연하 남자고 종자가 연상 누님이라는 관계성을 개인적으로 좋아합니다. 제 취미가 잔뜩 들어간 작품을 이렇게 세상에 선보이게 돼서 정말 기쁩니다.

그럼, 이하 감사 인사.

담당 편집자 T님. 이번에도 많은 신세 졌습니다. 이렇게 개인적 취미가 가득 들어간 작품을 출간해주셔서 정말 감사합니다. 일러스트레이터 퐁키치 님. 멋진 일러스트를 그려주셔서 정말 감사합니다. 시온은 엄청나게 귀엽고, 메이드들은 훌륭한 누나였습니다. 특히 『전부 맡기겠습니다』라고 떠넘기는 느낌으로 부탁드렸던 메이드복 디자인이 더할 나위 없이 개성적이고 센스가 넘쳐납니다. 앞으로도 잘 부탁드리겠습니다.

그리고 이 책을 구입해주신 독자 여러분께 최대급의 감사를.

그럼, 2권에서 다시 뵙겠습니다.

노조미 코타

SHINDOU YUUSHA TO MAID ONEESAN Vol.1
©Kota Nozomi 2019
First published in Japan in 2019 by KADOKAWA CORPORATION, Tokyo.
Korean translation rights arranged with KADOKAWA CORPORATION, Tokyo.

신동용사와 메이드 누나 1

2019년 12월 14일 1판 1쇄 발행
2020년 3월 15일 1판 3쇄 발행

저   자 노조미 코타
일 러 스 트 퐁키치
옮 긴 이 김정규
발 행 인 유재옥
본 부 장 조병권
담 당 편 집 정영길
편   집 김다솜, 김민지, 박상섭, 이문영, 이성호, 정영길, 조찬희
미   술 강혜린 박은정
라이츠담당 김슬비 한주원
디 지 털 전준호 박지혜
발 행 처 ㈜소미미디어
인쇄제작처 코리아피앤피
등   록 제2015-000008호
주   소 서울 마포구 토정로 222, 403호(신수동, 한국출판콘텐츠센터)
판   매 ㈜소미미디어
마 케 팅 한민지
물   류 허석용 최태욱
전   화 편집부 (070)4164-3962, 3963 기획실 (02)567-3388
                판매 및 마케팅 (070)4165-6888, Fax (02)322-7665

ISBN 979-11-6507-027-4 04830
ISBN 979-11-6507-026-7(세트)